KB006236

정경실

70-443

③

여기저기 떨어진, 할머니
보이지 않아 편지로 했다.
어째서 이렇게 익도 배달않았지

나이트에 노을길
기다림과
믿음
이제 큰

②

드러난 그대의, 아들의, 뒷모습을 보며
웃음을 삼켰어. 목이걸려 있던
나를 절룸 안으로 보내는 그대의 마음
더 스며오리라

① 눈을 한 그대와 우리의 아들
에 낮은 기억을

이 별

2022. 12. 4
살을 에는 듯한 칼바람이
그대와 나
이별했지.
길을 메모 두번. 수줍한 몸으로
아물지 않은 몸으로 되돌아가야 하는
나를 힘겹게 돗보내
그대와 아들은 그 긴 길을
따라왔지.
우리, 주차장에서 5분을 만나면서
웃지 않았어.
우리, 웃으며 헤어졌지만
칼바람 부는 주차장 컬컬한 하늘 아래

헤어짐의 아름다운
들이 먼 산 위의 하늘은
마음이 언제나 그곳이

는 사람 조 국

2023. 1. 7

생일 선물

생일입니다

430

나 혼자 슬퍼하겠습니다

정경심 글

나 혼자 슬퍼하겠습니다

깊은 절망과 더 높은 희망

 보리

차례

문득
아름다움이 되는
순간까지

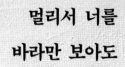

멀리서 너를
바라만 보아도

고난의 지금을 견딘다

고난의 지금을 견딘다
언젠가 끝이 있을 것을 믿으며
하루하루를 보내며 하루하루
그 끝에 다가가고 있다고
내 고난에 대한 해석은 시간이 하리라 확신하며
나는 고난의 지금을 견딘다
그 끝은 행복이라고
그 끝은 새로운 시작이라고
그 끝은 탄생이라고
흰 백의 아무것도 그려지지 않은 종이를
얻는 것이라고 생각하며
나는 조용히 묵묵히 고난의 오늘을
견딘다.

멀리서 너를 바라만 보아도

병원에서 너를 보았다
서로 보아도 말할 수 없는 너와 나
너의 눈이 세 번 깜빡이고
환한 미소가 너의 얼굴에 번지면
하늘 같은 기쁨과 바다 같은 안도감이
나의 전신을 감싸 온다

너와 나
눈빛으로만 대화해도
가슴으로 품은 모든 말
낱낱이 전달되니
한없이 높은 너의 이상
넓디넓은 너의 사랑

깊이 간직하며 떠나온다
새로이 살 힘을 가득 충전하고
너의 눈빛 속에 다시 만날 그날을 기약하며.

" 멀리서 너를 바라만 보아도 "

병원에서 너를 보았다.
보아도 서로 말할 수 없는 너와 나,
너의 눈이 세번 깜빡이고
환한 미소가 너의 얼굴에 번지면
하늘같은 기쁨과 바다같은 안도감이
나의 전신을 감싸온다.

너와 나
눈빛으로만 대화해도
가슴으로 품은 모든 말
낱낱이 전달되니
한없이 높은 너의 이상
넓디 넓은 너의 사랑

깊이 간직하며 떠나온다.
서로의 속 힘을 가득 충전하고
너의 눈빛 속에 다시 만날 그날을
기약하며.
(2023. 9. 15 OOO병원에서
딸을 만나고 돌아와서)

사랑한다, 딸아. " 생일 축하해 "
고맙다, 딸아.
자랑스럽다, 딸아,
♥ 2023. 9. 17 엄마가
너의 생일을 함께 축하하지
못하는 아쉬움을 담아서.

· 교정 기관에서 지정한 병원이 아닌 경우, 병원비 정산을 위해 가족이
  병원을 찾지만 대화와 접촉이 허용되지 않는다. 수술한 병원에서 경과를
  체크하려고 검진받은 날, 딸을 멀리서 바라보기만 하고 보낸 후 쓴 글이다.

새집 짓기

엄청난 재난은
암이든 사고든 재해든 그 무엇이든
삶을 리셋하는 효과가 있다
대개 회복까지는
지리한 시간이 걸리기에
오롯이 지나온 삶에 대한 대차대조의
여유가 주어진다
이렇게 리셋을 하고 나면 비 갠 뒤의
마른 땅처럼
삶의 토대가 더 단단해진다
그러니 이제 새로 짓기만 하자
그동안 이런저런 이유로 미루었던 집을.

우리의 한계

아무리 안타까워도
다 이해할 수도
다 나눌 수도 없다
최초의 인간 아담과 이브도
예수와 열두 제자도
서로의 마음을 온전히 알지는 못했다
그것이 우리 존재의 피할 수 없는 조건

아무리 안타까워도
모든 것을 다 공감할 수도
다 내어 줄 수도 없다
그래서 혼자 있는 시간은
고난의 시간이며 결핍의 시간
그 고독조차 섣불리
나눌 수도 이해할 수도 내려놓을 수도 없다.

일상으로 돌아가면

나는 아무 일이 없었던 듯 살 수 있다
사 년 아니 더 길어질지도 모르는 고난 이후에도
나는 정말 아무 일이 없었던 듯
일상을 영위할 수 있다
그러나 나는 이전의 나와는 다르리라
마음속에 단단한 근육으로 무장하리라
평생 누구라도 한 번 겪을까 말까 한
한 시절 누구라도 한 번 겪을까 말까 한
시련으로 단련되어 정금같이 나아갈 것이다
그에 합당한 십자가를 지워 주신 것이니
내 마음을 쓰시라고 고개 들고 나아갈 것이다.

고난의 역치

나는 쉽게 살지 않았다
뭐든지 단번에 되는 일이 없었다
그래도 되기는 했으니 성공적인 삶이라 했다
사람들은 그 안에 녹아든 눈물 피땀 실패는 보지 않았다

누구에게나 그렇듯 나도 내 실패가 아팠다
성공의 기쁨은 잠시였고 실패의 고통은 기나길었다
허리가 휘고 정강이뼈가 나가도록 힘들었다
사람들은 내 실패에 기뻐했다

나는 지금 다시 그 길고 고달픈 고통 속에 있다
차라리 죽음이 은혜일지도 모른다고 회의할 만큼
더없이 거칠고 질기며 가차 없는 고난 속에 있다
이제서야 사람들은 내 절망을 알아주었고 함께 아파한다.

하늘이 무너져 내리고

하늘이 무너져 내리고
발밑의 땅도 부서져 떨어지고
얼마나 많이
얼마나 깊이
깨지고 터지며 떨어졌는지 알 수 없다
아직 바닥이 어딘지 모르니까

무너져 내린 하늘에서
부서져 떨어진 땅끝에서
얼마나 많이
얼마나 깊이
베이고 구르며 절망했는지 알 수 없다
단 한 번도 겪어 보지 못했으니까

이 하늘 끝에서
이 땅덩이 끝에서
손 뻗으면 닿을 듯한
찬란한 빛이
나를 피해 쏟아져 내리고

약속된 그 어떤 미래도 없다는 듯

나는 어둠 속에 있다
가느다란 한 줄기 빛조차도
구슬픈 노랫가락도 없다
나와 네가 구별되지 않는
어둠 속에서 한 치 앞도 볼 수 없는
눈먼 이처럼 어둠에 이어 어둠을 마주한다

이 어둠의 끝에 기적처럼
내미는 손 있어
구원의 빛 있어
나를 붙잡아 주려는가
너를 밝혀 주려는가
우리에게 내일이 있다고 말해 주려는가.

그 가족

인생의 가장 아름다운 날들은
우리가 아직 살지 않은 날들이다
- 빅토르 위고

멸문지화를 당했는데
아직 숨이 붙어 있는
몰아치는 태풍 속에서
어깨 걸고 버티는
진흙 수렁 속으로
빠져들어 가면서
서로를 놓지 않는
뿌리 깊은 나무처럼
아직도 버티는
그 가족.

수녀님의 편지

당신을 사랑합니다
보통 사람들이 갖지 못한 많은 것을
가지셨더군요
당신을 위해 기도합니다
보통 사람들과 같아지라고 많은 고난을
주셨나 봅니다
함께하는 이가 많아요
우리가 함께 앉아 당신의 고통을 조금씩
나눠 보겠다고 하지만 별 도움이 되지 못해
아플 뿐입니다
나머지는 하느님께 맡깁니다
하느님이 깊이 사랑하지 않고서야
이게 가능한 일이기나 한가요.

지네

손가락만 한 지네가 문틀에 드러누워 있다
반짝이는 흑갈색 껍질에 수십 개의 다리를
붙이고 늘어져 있다
확실한 죽음을 원해서 살충제 폭격을 가했다
움직이지 않는 놈을 휴지로 집어 올리며
행여 되살아나 움직일 수 있다는 두려움에 휩싸인다

공포는 미지에 대하여
익숙지 않은 모습으로 온다
대상을 죽이고 또 죽여도
오래된 와인병 바닥의 찌꺼기처럼
마음에 들러붙어 있다
쓸데없는 과잉 행동을 유발하며.

면회 가는 길

시멘트 벽과 바닥 사이의 작은 틈을 뚫고
뿌리는 바깥에 줄기는 안으로 뻗은
한 길이나 됨직한 풀이 당당히 하얀 꽃을 피우며
지나가는 이를 흠칫 멈추게 한다

나는 이 녀석이 머리를 들이밀고
잎사귀를 서너 개 붙였을 때부터 보아 왔거늘
당당하게 높이 뻗은 꽃대를 보며
오늘 새로이 경탄한다

너의 의지와 기상이 가상해
너를 잡초라 부르며 감히
뽑아내지 못하네
너를 본 그 누구도.

잡초는 없습니다

세상에 잡초는 없습니다
인간이 그렇게 불렀을 따름이지요
구치소 운동장 한편에 무리 지어 핀
하얀 들꽃을 봅니다
이름 모를 꽃으로 씨 뿌리지 않아도
어디서 왔는지
오로지 돌본 이는 하늘뿐이었는데
여름 땡볕 아래 가녀린 몸통으로
씩씩하게 작은 꽃 피웠습니다
혼자도 아니고 무리 지어 피어나
이쁘기 그지없습니다
작년에 정성껏 가꾼 꽃들은 다 어데 가고
잡초라 부르는 들꽃이 운동장 한편을 점령했습니다
예쁘게 하얗게 만발했습니다
지독한 외래종 벌레를 끌어들이며
시들시들 말라 가는 나리꽃 옆에
당당하게 피어 있습니다

따지고 보면 잔인한 건 인간입니다
저 먹겠다고 심은 것 옆에
드센 생명력으로 꽃을 피운 잡초를
거리낌 없이 뽑고 게다가 제초제를 뿌려
일거에 죽입니다
잡초 입장에선 이보다 더 날벼락이 없습니다
인간이 온갖 생명에 무심코 하는 짓은
폭군을 악마를 닮았습니다
세상에 잡초는 없습니다
인간에게 쓸모 있는 풀과
인간에게 쓸모없는 풀이 있을 뿐이지요
잡초에게 인간은 신입니다
어떤 생명에게도 인간이 결코
신이 되어선 안 되는데도 말이지요
세상에 무의미한 그 어떤
창조도 없다고 하신 조물주는
그래서 오늘도 한숨을 쉬고 계실 겁니다.

내 딸

햇살 같은 내 딸
삼 년 내내 국내반과 유학반까지
하루 열두 시간 이상을 수업해도
새벽 다섯 시 반에 깨서 밤 열한 시에 귀가해도
네게 아침밥 한 끼 도시락 한 번 싸 주지 못한
못난 엄마였다

아픈 외할머니 돌본다고
너 험지에 봉사 활동 가도 공항에 데려다주기는커녕
비행기표 한 번 끊어 준 적 없었다
너의 십이 년 노력이 물거품이 되었는데
회한과 미안함과 속상함으로 내 속은
썩어 문드러지는구나

내 딸아 너는 그 힘든 중에도 끊임없이
내게 살아갈 힘을 주는구나
엄마는 믿어 행복 총량과 고통 총량의 법칙을
그러니 이 세상이 뭐라 해도
네겐 이미 당한 만큼의 행복이

예약되어 있음을

추호의 의심도 없이
나는 믿는다
추운 한파 뒤에
꽁꽁 언 대지를 녹이는
햇살 같은 내 딸
사랑해.

삶의 두 얼굴

이것도 삶이다
소중한 삶이다
지는 것도 깨지는 것도 잃는 것도 모두
삶의 필수적인 일부이다
이기고 때리고 얻는 것만 의미 있다고
말한다면 삶이 얼마나 지루하겠는가
되돌아보고 싶지 않을 고통조차도
삶의 시간이 얼마 남지 않았을 때
보물 같은 한때의 경험과 추억으로
기억되리니 나는
여기서 겪은 고통과 상실과 부자유를
그만큼의 기쁨과 성취와 자유로 갈음하리라.

나

날벼락처럼 모든 것을 앗겼으나

길고 고통스러운 시간

내게 무엇이 남았나를 생각해 보았다

명예 타이틀 지위는 모두 잃었으나

나 자신은 앗길 수도 잃을 수도 없는 것임을

그 진리를 아주 늦게 아주 힘들게

그러나 경외롭게 깨달았다

나는 나이며 나의 고유함

그동안 나를 구성했던

인성 자존감 지성 판단 믿음 등은

오직 나의 것이며 아직 건재하다

이제 하나씩 건져 올려 향후 내 삶의

재료로 만들어 갈 꿈에 부푼다

그래 나를 가지고 다시 시작하는 거야

포기하지 말고 가 보는 거야 이 길 끝까지

결국 이생에서도 나 그리고 저 생에서도 나

고유하며 결코 소멸되지 않는 존재는 나이니까.

한여름 밤의 꿈

극세사 행주에 찬물을 적셔
목에 두른다
열대야를 버티기 위한 방책
이 밤에 몇 번을 깨어날지
알 수 없지만
텔레비전 속 쪽방살이 외로운 노인
선풍기 하나 없이
몸뚱이 누일 곳조차 빠듯한걸
그래도 이곳
감방살이가 더 나아 보이는 건
왜일까 삶의 역설인가
나중에 나중에 그들을 챙기겠노라고
한여름 밤 더위에 잠 못 들고
몇 번째일지 모를 행주를 찬물에 적시며
먼 훗날을 꿈꾼다.

시작과 끝

이 고난의 시작이 그였으니
끝도 그일 것이라 믿습니다
모든 억울함을 밝히고 잃었던 것을
회복해 주리라 믿습니다
그러나 꼭 회복이 없어도 괜찮습니다
사랑하는 이를 위해
평생 믿고 따르고자 했던 이를 위해
많이 억울하고
많이 고통받았으나
다 잃었다 해도 괜찮습니다
세상에 무위로 끝나는 것은 없으니
그냥 지켜보겠습니다
이 길의 끝을.

더위 속 사소의 노동

한낮의 열기가 삼십오 도를 넘는 시간

전신이 흠뻑 젖어 거실 사이를

쉴 새 없이 오가며 일을 해 주는

사소들께 깊은 감사의 마음을 품는다

각자 어떤 죄를 지어 이곳에

왔는지 몰라도

그녀들의 헌신적 노고에는

절로 고개가 숙여진다

이런 수고를 마다하지 않으며

온몸을 던져 베푸는 그녀들에게

복이 있기를 깊이깊이 빌어 본다.

• 사소: 교정 기관에서 사동의 허드렛일을 담당해 주는 이들로서 보통
청소 도우미라고도 하는데, 수용자들 중 지원을 받아 선발한다.

존경

한낮의 열기가 35℃를 넘는 시간도
헌신이 혼벅적의 계절 사이를
쉴새없이 오가며 일을 해주는
사로들께 깊은 감사의 마음을
풉는다. ── 청오우미

각자 어떤 적를 지의 이곳에
않는지 몰라도
그녀들의 헌신적 노고에는
절로 고개가 숙여진다.

이런 일방의 수고를 마다않으며
보름을 던져 베푸는 그녀들에게
복이 있기를 깊이깊이 빌어본다.

나의 대우주

나의 존재가 처량하거나 허망해지면
펜을 들어 써 본다
우주 - 지구 - 아시아 - 대한민국 - 서울
제임스 조이스의 《젊은 예술가의 초상》에
나오는 어린 스티븐의 버릇을 따라 해 본다
다시 거꾸로
서울 - 대한민국 - 아시아 - 지구 - 우주
이로써도 위안이 안 되면
내가 아는 높은 곳에 올라가
아래를 내려다본다
개미 새끼들처럼 이리로 저리로
바쁘게 움직이는 사람들
장난감 차보다 작은 차들의 질주
그래 봤자 내 눈동자 속에 비친 소우주
여기 고층 빌딩에 서서
내려다보는 나의 눈동자
나의 존재가 없다면 의미 없을 것들
그렇게 나는 우주를 두 눈에 담고
세상을 이고 있다는 뿌듯함으로 천천히

계단을 내려와
마법 같은 장난감 세계 속으로 사라진다
아찔한 속세로 복귀하며
다시 살아갈 힘을 얻는다.

꽃처럼

어려서부터 꽃이 좋았다
봄에 채송화 봉숭아 맨드라미 씨를 뿌리고
가을에는 거두어들이는 기쁨이 있었다
키도 작고 연약한 채송화를 제일 예뻐했다
꽃씨를 심지 않아도
고상하게 피어올라 마음을 온통
빼앗던 코스모스를 사랑했다
여기서 이 년이 지나고야
하느님 앞에 무릎을 꿇으며
어린 시절 꽃을 심으며 꿇었던 무릎을 떠올렸다
꽃처럼 기쁨이고 사랑이고 행복이었다.

사랑

사랑은 때로 조건 없이
지켜봐 주는 것
알아도 모른 체하며 기다리는 것
사랑은 확인하려 하지 않고
일방적으로 줄 수 있는 것
세상에 사랑을 모르는 이가
아는 이보다 더 많은 법
사랑은 그래서 드물고
잘 보이지 않는 것
사랑은 그냥 가만히 있어 주는 것
지치지 않고 싫증도 내지 않으며
그냥 함께 있어 주는 것
요란하지도 않게 다소곳이.

의지

마음이 꺾이려고 하면 떠올려 봅니다
영화 '명량'에서 흰 치맛자락을
사력을 다해 흔들었던 여인네를
이름도 자취도 없이 얼마나 많은
이들이 역사의 시간 속에 스러져 갔을까
더러는 강제로 더러는 자발적으로
사라져 버린 많은 죽음과 불행을 생각합니다
세월호 아이들 이태원 사람들
그리고 수많은 행불자와 실종자들
그러니 열심히 살아야겠습니다
마음을 곧추세웁니다.

백기완 선생님

학림다방에서 뵈었던 그날
한없이 처연했던 선생님의 영혼이
묵직한 클래식에 실려
주춤거리며 다가왔을 때
한 시대를 호령했던 거인의
노쇠함에 가슴 아팠습니다
선생님의 커피값을 내며 빚진 마음을
제 알량한 슬픔을 덜고자 했습니다

학림에선 무료로 드신다는
주인장의 말씀에
부끄러워 죽는 줄 알았습니다
커피 한 잔에는 결코
담을 수 없는 시대의 부의가
둔탁하고 희미하게
선생님의 도포 자락에 걸려 있던
그 시간을 영원히 기억하겠습니다.

삶

삶은 멈추지 않는 파도와 같고
시작과 끝이 없는 둥근 모양이라고
어디서 시작하든
어디서 끝이 나든
그 궤적은 연이어 있는 것이라고
오르막이 있으면 내리막이 있고
그 깊이에 버금가는 높이는 필연이라고
그러니 가장 낮을 때 포기 말고
가장 높을 때 경계하라고 하지
그럼에도 피할 수 없는
구덩이와 아찔한 절벽으로 가득하다고
인정할 밖에.

엄마의 고백

아이야 미안하구나
네가 내 몸을 빌려 세상을 보았지만
내가 너를 핏덩이 때부터 보듬어 길렀지만
내가 네게 생명을 준 것이 아니라서
내가 너를 지켜 줄 수 없어서
내가 너에게 짐이 되는 일을 막지 못해서

아이야 미안하구나
그러나 너의 생은 너의 것
그러나 네가 이 모든 것에도 꿋꿋이 지켜 내니
그러나 이 생명을 다 바쳐도
아이야 고맙구나
엄마는 한없이 고맙구나.

끝까지 걸어가겠다

마침내 이 길이 끝나는 곳까지
나는 두들겨 맞으며
만신창이가 되어서라도
이 길을 걸어가겠다

가슴에 주홍 글씨를 달고
날아오는 화살을 맞으며
온 동네의 북이 되어도
이 길을 걸어가겠다

그들의 분노가 무엇이든
팔매질을 멈추지 않는대도
터지고 터져서 인간의 형체를 잃어도
이 길을 혼자서라도 걸어가겠다

이 길 끝에서 죽으면 죽으리라.

기쁨의 역치

하도 하도 안되다 보니
하도 하도 역시나이다 보니
이젠 혹시나도 내려놓고
앞서가며 최악을 미리 준비하며
마음을 다지다 보니

갑자기 날아든 아주 작은
굿뉴스에 죽은 줄 알았던
재가 된 줄 알았던
마음이 반응한다
아 소박해진 기쁨의 역치

최악 속에서도 살아지게 마련이다.

마음 내려놓기

마음을 내려놓자고
수천만 번 아니
수억 번을 다짐했다

내려놓자
내려놓자
다 내려놓자

그런데 어느 순간
마음이 불끈한다
이 지독한 악과 대치하여
나는 끝 간 데 없는 시험을
견디고 있다.

조금만 더

그래, 조금만 더 힘내자
조금만 더 힘내는 거야
얼마나 오랜 시간을 얼마나
지독하게 견뎌 왔는지
너는 알잖아
이제, 조금만 더 힘내 보자
멀지 않았어
정말로 얼마 남지 않았어
여기서 포기하기엔
너무 억울하잖아
미친 척하고
속는 셈 치고
그래, 조금만 더 가 보는 거야.

괜찮아지겠지요

내가 괜찮다고 말하면 그건 거짓일 거예요
그러나 나는 괜찮다고 말하고 싶어요
당신이 걱정하게 하고 싶지 않으니까요

언젠가 괜찮아지겠지요
그때는 괜찮다고 말해도 거짓이 아니겠죠
괜찮다고 말할 필요도 없을 거예요
그날이 오면 당신은 내 눈만 보아도
내가 괜찮은 줄 알 테니까요

그날이 오기를 묵묵히 기다립니다
그때가 언제일지 알지 못하지만
반드시 올 것을 믿기에
나는 미리 괜찮다고 말해도
정말 괜찮다고 생각해요
당신은 그러니 믿어 주고 견뎌 주세요
그저 내 말을 받아 주세요.

'무서운' 사람

예전에 나는 화를 못 이겨 그에게
'함부로' 말했다
거칠게 날아드는 화살로 고슴도치가 되면서도
그는 피하지 않고 다 맞았다
사나운 퇴장과 고요가 찾아오면
"화나게 해서 미안해요. 내가 좀 더
노력하리다"라고 그는 말했다
위로보다는 부끄러움을 불러왔던
그의 인내를 먹으며 나는 성장했다
이제는 말할 수 있다
당신은 할 만큼 했으니 이제
위로도 반성도 내가 하겠다고
그리고 우리는 둘 다 '무서운' 사람이 되었다.

수용소의 봄

이 땅에도 봄이 오고 있네
그들이 밟고 지나간 자리
얼어서 울퉁불퉁한 땅 위로
봄이 오고 있네
녹색 철조망 옆에서
은밀히 새순을 준비하며
봄은 웃고 있네
머잖아 나의 시대가 올 거야
너의 녹색은 보이지도 않겠지
나의 찬란한 초록의 시간이 오고야 말 거야.

시련을 견디는 힘

비극 아니 시련 앞에
아이들은 의젓했다
이보다 더한 가족의 시련은 없었다고들 하는데
우리는 잘, 놀라우리만치 아주 잘
견디고 있다고 했다
('잘'이 어폐인데도 어감은
나쁘지 않으니 그냥 넘어가기로 한다)
아이들은 어디서 이런 능력을 습득했을까
태생일까 교육일까 경험일까
누가 물어봤었지
"이 애가 엄마한테 존댓말을 쓰네요.
어떻게 가르치셨나요?"
엘리베이터 안에서 불쑥 치고 들어온
그 질문에 답을 못 하다 인사만 하고 내렸다
"여보, 우리 애들이 존댓말 쓰는 거 당신이 가르쳤어요?"
"응, 내가 가르쳤지요"
그랬구나 그건 교육이었나 봐
그런데 이건? 시련을 견디는 이 능력은?
태생일까 교육일까 경험일까.

이별

살을 에는 듯한 칼바람에
그대와 나
이별했지
날카로운 메스로 깊게 두 번
아물지 않은 몸으로 되돌아가야 하는
나를 쉽게는 보내지 못해서
그대와 아들은 그 긴 길을 따라왔지
우리, 주차장에서 오 분을 만나 작별했지만
울지 않았어
우리, 웃으며 헤어졌지만
칼바람 부는 서울구치소 주차장
컴컴한 하늘 아래 드러난
그대와 아들의 뒷모습을 보며
울음을 삼켰어
나를 철문 안으로 보내는 그대의 마음은
어땠을지 짐작도 가지 않아
사슴의 눈을 한 그대와 우리의 아들
그날, 내게 남은 기억은
분노보다

슬픔보다

애틋함

우리 만남과 헤어짐의 아름다움

그대여, 눈을 들어 먼 산 위의 하늘을 보시라

내 마음이 언제나 그곳에

있을 것이니.

시간

아무리 힘든 중에도
시간은 무정하게 흘러가지
그리고 사람들은 말을 해
시간이 약이라고

무정하고
무심하고
무감한
모든 것들이 약이 되는 시간

잠시 시간에 모든 것을 맡기고
모든 것을 잊어 보자
망각에 나를 맡기고
시간의 회복력을 믿어 보자.

헌사

신이시여
그동안 제가 당신 앞에 무릎 꿇고
진심으로 엎드리지 않았음은
당신의 은총 덕분에
별걱정 없이 잘 먹고
잘 살았기 때문입니다

신이시여
제가 저의 노력과 눈물과 의지와 양심,
부지런함으로도 넘을 수 없는 세상의 벽에 다다랐을 때
제게 손을 내밀어 주신 것을 기억합니다
우윳빛 가운에 싸여 서 계신 당신에게서
저는 영원한 평정을 보았습니다

신이시여
한때 가장 사랑한 천사를 나락으로 내동댕이친
당신에게로 제가 향합니다
반역의 죄도 교만의 죄도 범한 적이 없다고 믿는
저를 지옥으로 내던지신

당신에게로 제가 향합니다

당신의 고요함 안에서 무엇을 찾을지
무엇을 못 찾을지 알 수 없어도
무작정 당신에게로 제가 돌아섭니다
당신이 내어 주신 그 손을 잡으러
제가 이제 떠날 채비를 마쳤습니다
신이시여.

희망

희망은 한 마리 새라고 오래전
고독한 여인이 말했지
내게는 그 은유가 실감 나지 않아서
내게는 그 새가 깃들려고 하지 않아서
나는 절망의 심연에서 허우적거렸지

누가 희망을 깃털이라고 했는가
가볍고 경쾌한 희망은
깊은 숲속의 올무처럼
버둥거릴수록 생명을 얽어매는 것을
나는 절망의 심연에서 절감했었지

희망은 미래를 장담할 수 없는 어음처럼
잠시 위로하고 언제든 뒤통수칠 수 있음을
나는 절망의 밑바닥에서 똑똑히 보았지
상처받은 짐승의 마음으로
경박한 여인.

자식

왜 자식이 축복이며 업인지
아이를 낳고 길러 본 이는 알리라
생명의 신비 앞에 뜨거움을 느껴 본 이는
그 고통을 또한 알리라

키우며 점차 희석 되어 간다 해도
최초의 원시적인 본능을 결코 잊을 수 없어라
자라서 나보다 나은 사람이 되기를
나보다 나은 삶을 누리기를

세상이 돌고 돌아 다시
내 앞에 선택이 주어지면
내 삶을 바쳐서라도 자식에게 유익하고 싶다
이를 모르는 누가 세상을 감히 품겠는가.

세상

거꾸로 돌아가는 세상을
물구나무서서 바라보려면
무한한 인내와 힘이 필요하다

무심한 중력이
거꾸로 돌아가는 세상 위에 얹히면
세상이 제 편인 듯 보여도

거꾸로 돌아가는 세상은
언젠가 엎어져야 할 세상이기에
물구나무선 이여, 기다리자.

하느님께

하느님
왜 이러세요
하느님
이건 아니잖아요
골백번 골만번
생각해 봐도
하느님이 왜 이러시는지
제 작은 마음으로는
이해할 수 없습니다
하느님
이제 그만해 주세요
제가 너무 지쳐서
당신께
달려가기 전에
이제는 멈춰 주세요.

의연함이란

엄마가 돼서
의연해야지
눈물이 제일 많은
내가 의연해야지
잠시 미루어 두는 거야
불행이 이렇게
경우도 없이
몰려올 때는
뒤통수를 너무 후려쳐서
정신을 못 차리게 할 때는
체면 예의 다 버리고
모른 체하는 것도 괜찮겠어

아마도 의연함이란
회복할 시간을 벌기 위해
짐짓 모른 체하는 걸 거야
불행의 매질이 끝날 때까지
정신 차려서 사방을 둘러보고
무슨 일이 일어났는지

알아차릴 때
그때서야 기억을 소환해야지
결코 잊지 않을 그 기억을
잠시만 접어 두자
의연하게.

벼랑 끝

잃을 것이 없다는 말은
다 잃었다는 뜻입니다
소중히 했던 모든 것을 다 잃었다는
이제 남은 게 없다는 뜻입니다

세상이 벼랑 끝에 세워 놓았을 때라야
비로소 할 수 있는 그 말
잃을 것이 없다는 말은
무서운 말입니다

그리고 그것은
이제 하느님이 채워 주실 일만 남았다는
희망의 말입니다
새로 쓸 희망의 말입니다.

세상에 공짜는 없습니다

종교 모임에서 재소자에게 주는
부활절 달걀도
석탄절 시루떡도
공짜가 아닙니다
내 마음에 사랑의 빚이 쌓이는 겁니다
아무 생각 없이
공짜라고 생각했어도
외상을 갚듯 언젠가는
정산해야 할 빚입니다
공짜처럼 보이는 빚은
세상에서 가장 비싼
사랑으로 되갚아야 하는 빚입니다
세상에 그 어떤 것도 공짜는 없습니다.

통증

아프고 아프고 또 아파서
통증이 느껴지지 않는구나
마음이 너무 욱신거려서
통증의 최대치를 넘었나 보구나

텅 빈 가슴에
통증이 오고 또 오고
밀물처럼 와서 쌓이더니
어느 순간 썰물처럼 빠져나갔구나

비어 있는 그곳에
통증이 조롱하듯
가슴을 내리친다
가슴 없는 가슴을 갈가리 짓이기는 통증으로.

오늘 밤

여보
오늘 밤은 각자의 슬픔을
슬퍼합시다
내 슬픔이 너무 커서
당신 슬픔도 너무 클 것을 알기에
오늘 밤은 나 혼자 슬퍼하겠습니다
당신도 슬픔에 겨워 어쩔 줄 모를 테니까요

여보
우리가 오늘 밤
큰 슬픔을 슬퍼하며
홀로이 그 슬픔을 이겨 냈음을
잊지 맙시다
당신과 나보다 더 아픈 마음이
오늘 밤엔 없었음을 기억합시다.

갇힌 자의 꿈

나는 오늘도 거리를 걷는 꿈을 꾼다
갇혀 보지 않은 자는 꾸지 않을 꿈을
기왕이면
멋진 선글라스와 모자를 쓰고 스카프 휘날리며
어디든 마음대로 걷는 꿈을 꾼다
수많은 사람들이 바쁜 걸음을 재촉하겠지만
나는 그러지 않으리라
나는 이 오월의 햇살을 한껏 즐기며
천천히 아주 천천히
발 가는 데로 걷다가
작은 찻집에 들어가 테이크아웃을 해야지
하늘과 공기와 땅이 만나는 지점이 어디일까
궁금해하며
시원한 차 내음을 음미하리라.

걷지 못하는 이의 소망

당신은 아마 알지 못할 거야
걸을 수 있다는 것이 얼마나 큰 축복인지를
나의 두 다리로 중력을 지탱할 수 있음이
얼마나 위대한 능력인지를
기억도 까마득한 어린 시절 젖먹이 때부터
하늘이 우리 모두에게 주신 직립의 자존감을

당신은 아마 알지 못할 거야
이 작은 축복만 생각해도
이 당연한 능력만 갖추고 있어도
당신이 얼마나 당당할 수 있는지
그리고 그 당당함을
얼마나 많은 이들이 부러워하는지를.

보지 못하는 이의 세상

어려서 헬렌 켈러의 전기를 읽고 생각했지
내가 한 눈으로도 보는 이 모든 세상의 다채로움과
아름다움을 누리지 못하는 그녀는 참 가엾다고
하지만 또 생각했지
볼 수 있다가 어느 날 보지 못하는 고통에 빠진 이들보다는
나을지도 모르겠다
그리고 궁금했었지
내가 형형색색으로 보는 세상을 그녀는 어떻게 보았을까
한 번 색깔의 세상을 본 적이 있는
우리 모두는 색깔로 세상을 꿈꾸지만,
한 번도 본 적이 없는 그녀는 도대체 무슨 색과 형태로
세상을 꿈꾸었을까
그래서 이윽고
나는 나의 외눈 세상에 감사하며 오늘에 이르렀다.

헤어짐 1

우리가 헤어질 때
저는 울지 않았습니다
눈물이 제 심장에 떨어져
가슴을 다 적셔도 저는
당신 앞에서 울지 않았습니다
당신 눈동자에 찍어 두는 저의 모습은
슬픔 없이 봉인되었기를 소망합니다
그 봉인을 여는 훗날
저는 긴 한숨을 쉬며
눈물지을지도 모르겠습니다
나의 슬픔을 내 심장에 가두었는데
이제야 풀어 주는 것이라고
그래서 더 아팠다고
긴 한숨을 쉬며 마음껏 눈물지을지도 모르겠습니다.

헤어짐 2

안녕 인사도 없이 번개처럼

헤어지기란 어떤 느낌일지요

어제도 오늘도 내일도

이런 헤어짐이 이어지고 있어요

평소에 준비해야 하나요

평소에 준비하면 좀 나을까요

무엇이 더 나아지나요

이별 준비를 했다고 해서

덜 슬픈 것은 아니지요

그러나 준비도 없이 보내는 것은

너무 힘듭니다

세상에 이런 헤어짐을 막을 순 없을까요.

시

너무 행복해도 너무 비참해도
시는 오지 않습니다
그늘이 없다면 숨 쉴 수 없다면
시는 오지 않습니다
시는 조용히 다가와
견디지 못할 시련의 길을 조금씩 조금씩
보듬어 줍니다
시는 천천히 숨 쉬며
칠흑 같은 어둠 속에 작은 불씨를
서서히 살려 냅니다

시를 쓸 수 있다는 것은
아직 희망이 있다는 뜻입니다.

당신의 손

절벽 끝에서 당신을 만났습니다
당신의 손을 잡았습니다
따뜻했던 그 느낌
신전의 기둥이 제 옆에서
솟아올랐습니다
거대하고 붉은 태양이
거의 지평선에 닿았고
그 아래 정중앙에
그가 서 있습니다
빛이 사방으로 퍼져 나가는군요
태양의 왕국
저는 당신의 손을 잡고 그곳으로 갑니다.

신부님

오늘 저는 신부님 때문에 세 번 웃었습니다
신부님을 보내 주신 하느님께 감사했지요
신부님 오늘 저는 신부님 목소리로 강론을
듣는 것만으로도 기뻤습니다
신부님이 주시는 분홍 장미는 참 어여뻤습니다
성찬식 후 돌아다니며
살인자의 머리도 도둑의 머리도
사기꾼의 머리도 모두 만져 주시는
신부님의 따뜻한 손길에
제 마음이 따뜻함으로 일렁입니다

신부님 저는 세례 전이라 고해성사를 못 합니다
그러니 어제 원수의 몰락을 기뻐한 저 대신
하느님께 용서를 구해 주세요.

하느님

하느님, 당신은 제게 절대자입니다
제 삶 동안 단 한 번도 저를 잊으신 적이 없으세요
하느님, 당신은 제 삶 구석구석 기억하시며
구겨진 모든 것을 펴 주셨습니다
돌이켜 보니 언제나 그랬습니다
제가 기도를 하거나 하지 않거나
당신께서는 묵묵히 모든 것을 바로잡아 주셨습니다
낱낱이 남김없이요
제 마음에 끼어 있는 단 한 조각의
억울함도 남기지 않으셨고 단 한 방울의 눈물도
모두 닦아 주셨습니다
하느님, 기다리겠습니다
제 삶에서 가장 슬펐던 이 시간을
어찌 돌려주실지요.

멈추는 것은 없으니까

"그렇게 드라마틱한 변화까지는 아니에요"
그녀의 말이 맞다
이 한 평도 안 되는 공간이
도배를 했다고 해서
장판을 새로 깔고 칠을 했다고 해서
크게 달라질 수 있을까
하루를 자고 나서 문득 떠오른 생각
'그래도 기분이 훨씬 낫다
그래도 색의 동일성과 균일성이
마음을 편하게 이끌고
공간을 넓게 열어 준다'

아직 화장실 회벽은 낙서로 가득하다
아직 장맛비도 그치지 않았다
아직 개미와 하수구 벌레와 깔따구가
호시탐탐 노리고 있다
팔다리에 이들이 이루어 낸 성취가 훈장처럼
딱지 딱지 흉터를 이루고 있다
그래도 연미색 세 개의 벽과 연이어서

연미색 철문이 이루는

이 연미색 사방 벽의 통일성은

은은한 위안을 준다

세상은 두고 볼 일이다

그 세상을 바라보는 내 마음도 두고 볼 일이다

멈추는 것은 없으니까.

결국, 사람이다

죽음의 길을 가지 않은 것은
사람 때문이다
결코 그 길을 가지 않으리라고 확신했던
그가 버티고 있었고
나를 그 길로 보내 버릴 수 있었던 아이들이
집요하게 내 죽음의 멱살을 붙잡고 싸워 주었다
자신도 버티기 힘든 각자의 무게 위에 서로의 무게까지
우리는 어깨와 어깨를 맞대어
무게를 떠안고 분산시켰다
그리고 그곳에 이름 모를 수많은 이들이 어깨를
들이밀고 우리의 어깨가 흐트러지는 것을 막아 주었다
우리를 지탱시킨 것은 우리를 살린 것은
결국, 사람이다.

지금은, 울지 마라

너희는 왜 울고 있니
오늘 직장 상사에게 혼이 나서
시험을 잘 못 봐서
엄마 아빠가 싸워서
친구가 마음을 몰라줘서
돈이 없어서
배가 고파서
사랑이 힘들어서

힘들고 슬프겠구나
하지만 지금은 울지 마라
세상에는 그 모든 울음을 다 합쳐도
견줄 수 없는 울음이 있으니
그 울음에 닿으면 지금 너희의 울음이
부끄러워질 터이니
울어서 떨구어 낼 수 없는 울음이 있으니
울려면 그때 울거라.

낭만을 위하여

사랑하는 이와 함께 걷는 눈길은
그 자체로 그림이고 낭만이다
사랑하는 이와 함께 듣는 빗소리는
그 자체로 음악이고 노래이다
사랑하는 이와 함께 맞는 바람은
그 자체로 숨결이고 속삭임이다
지금 사랑하는 이의 부재중에 걷는
눈길, 홀로 듣는 빗소리, 외로이 맞는 바람은
손발을 얼게 하고 몸을 적시며
마음에 황량함을 가져오지만
사랑하는 이와의 추억으로 녹이고 말리며
훈훈하게 한다
언젠가 다시 찾을 낭만을 위하여.

사랑의 역설

사랑은 주기만 하는 것이 아니다
받는 것이기도 하다
그러나 가장 큰 사랑
가장 힘든 사랑은
주는 것도 받는 것도 아니며
기다려 주는 것이다
그저 옆에서 지켜보며 기다려 주는 것
그보다 더 많이 더 크게
주고받는 사랑이 있을까
사랑하지만 절제하는 것
억울하지만 인내하는 것
나서고 싶지만 침묵하는 것
더 힘든 사랑도 더 고귀한 사랑도 없다.

모래성

힘들게 얻었으나

어이없게 잃었다

세상에 올 때처럼

허공을 손에 쥐고 걸친 것 없으니

새로 시작하기에 거칠 것 없어라

삶이 바닷가 모래성이라면

파도가 밀려와 완전히 무너뜨리고 지워야

새로 지을 수 있는 것

완전히 다른 디자인으로

다시 시작해 볼 수 있는 것

오래 지어서 무너지는 것은

단 한순간일지라도.

어떡하죠

하느님
당신이 내 인내심을 시험하고
또 시험하고 저를 끝 간 데 모를
깊은 절망의 구덩이에 처박고
또 처박아도

하느님
저는 꺾이지 않습니다
당신이 저의 한계를 재고
또 재시고 저를 슬픔과 분함에
울고 발버둥 치게 하셔도

하느님
저는 이를 악물고
당신의 발목에 매달려
영원한 짐이 되는 한이 있어도
이 손을 놓지 않으렵니다

하느님

당신의 체면에 저를
흔들어 떨구지만 않으신다면
저는 버티겠습니다
하느님, 어떡하죠?

스님의 말씀

경북 봉화 최고의 오지 산등성이
암자에 계시는 동광 스님이 말씀하셨습니다
산등성이 너머 현동역에서 기차 소리가 들리면
문득 주체할 길 없는 그리움이 몰려옵니다
그러면 그땐 어떡하나요?
그러면 생각을 안 하면 됩니다
장작에 불을 때다가
더 이상 장작을 넣지 않으면 불이 꺼지지요
생각도 그와 같아서
더 이상 생각하지 않으면 그리움은 꺼집니다.

겪어 보니

나는 이곳에서 수많은 이를 본다
내 생전에 이처럼 다채로운 이들을
만났던 적이 있는가
언제나 일렬로 세웠던 동질의 사람들과 함께했던 세월
나는 처음으로 이곳에서
나와 다른 수많은 이들을 만난다
인종 국적 부 학력의 경계를 지을 수 없는 이들과
숨을 쉬고 먹고 몸을 씻으며
나는 수많은 사람을 겪는다
매일 겪고 또 겪는다
겪어 보니 경계가 사라진다.

빛과 그림자

인생의 가장 큰 슬픔 앞에서
당당히 웃을 수 있는 그대를 보며
그 슬픔은 내가 감당할 테니
그대는 웃기만 하라고 말해 주고 싶습니다
그대가 웃고 있을 때 나는 슬픔과 친해지겠습니다

그대가 웃는 동안 내가 울겠습니다
그대가 그 맑고 밝은 눈망울에
빛을 담아 세상에 흩뿌릴 때
나는 어둠을 모두 불러 모을 겁니다
그대가 빛 속에 있을 때 나는 어둠과 친해지겠습니다

그대
어느샌가 내 옆에 서 있습니다
"함께 울고 웃어요, 나의 빛도 어둠 덕에 존재하는걸요"
아프지만 그대의 결단을 존중합니다
그대와 함께 슬픔도 어둠도 나누어 보겠습니다.

가족 면회

면회실 가운데를 가르는 유리 벽 사이로
남편 딸 아들의 쓰리 샷이 잡히면
내 마음이 한없이 누그러진다
그들의 눈빛을 먼저 보고
인사를 하는 동안
몸치 춤치의 사지가 덩실거린다
모두 반듯반듯하니
누가 빚었는지 참 잘 빚었다
세월의 무게가 서리처럼 내려앉은
그의 모습도 완벽하다
저 쓰리 샷이 포 샷이 될 때는 언제일까
내 자리는 가운데가 분명할 텐데.

부활절 달걀

몸이 아파
며칠을 굶었는데
부활절 달걀 두 개를 받았다
예쁜 그림은 없지만 훈제란!
이곳에서 처음 받아 보는 호사다
나 굶는 것을 어찌 아셨는지
하느님은 부활절 달걀로 마음을 보내 주셨다
그 마음 기쁘고 소중하여
생명과 희망 가득한 마음으로 먹어야지
부활의 징표를 내 안에 모셔야지
오실 때 좌표가 되도록.

선행

한 사람의 선행에 감동하는 저녁이다
행복의 목표치에 도달하면
넘치는 행복은 나누기로 했다는
그의 말을 듣고 고민했다

나의 행복은 정의되었는가
목표를 정하였는가
넘치는 행복을 어떻게 처분했던가
그러고 보니 한때 목표를 넘어섰던 적이 있었다

그러나 넘치는 잉여의 행복으로 아무것도 하지 않았지
그래서 내 행복의 계량치는 정의되지 못했고
밑 빠진 독처럼 아래로 아래로 새어 나갔고
이제는 바닥을 쳤구나

목표를 설정하지도 행복을 정의하지도 않겠다
나는 이미 천상을 맛보았으니
이제부터 모든 행복은 넘치는 것이려니
나눌 마음을 정하고 행동하는 일만 남은 것이다.

봄봄봄

이십 도가 넘는 날이 윤이월에 찾아왔다
이렇게 예고도 없이 영하에서 이십 도로 뛰면
시간이 있을까?
매화는 벚꽃은
개나리나 진달래조차도
한겨울 내내 봄을 위해 준비했던
그 찬란한 순간을 즐길 수 있을까?
갈수록 봄이 짧아지고
갈수록 꺼내 보지 못한 봄옷이 옷장에 쌓이고
한겨울 서릿바람에 오그렸던 마음도 다 펴지 못하고
봄이 손님처럼 휙 지나가면
공허한 기대만 무색해진다.

더위

오월이면 구 개월에 걸친 삼 층 증축이
마무리된다는데
벌써부터 여름이 걱정이다
삼 층 없는 이 층에서 두 번의 혹서를 겪은 나는
이제 지붕 없는 삼 층 더위의 열기를
가늠할 수 없다
신축 건물의 장점과 상상하지 못할 더위
어느 쪽을 택해야 하나
우스운 것은 선택의 여지가 없으니
고민도 의미 없는데 마음은 벌써부터
한여름의 더위를 걱정하고 있다.

흐릿한 시력

거뭇한 물체가 겅중겅중
벽을 타고 움직인다
안경을 벗고 가까이 눈을 댄다
실보다 가느다란 다리를 가진 거미다
예이 놈, 운 좋은 줄 알아라
거미라서 살려 주마

매일 사방에 거뭇한 물체가 널려 있다
잘 보이지 않는 눈으로 이 초만 응시해 본다
움직이지 않는 모든 것은 안전하다
이 아침에도 담요 위에 점점이 뿌려져 있는
거뭇한 물체를 향해 이 초의 응시를 발사한다
안전한지 아닌지.

언 땅에 피는 꽃

언 땅에 꽃이 피고 있다
봄이 왔다고 바람이 속삭이기도 전에
추위를 몰아내며 봄꽃들이 피어난다
모두가 멈춘 듯이 보이는 시간에도
언 땅 아래에서 생명이
오래전부터 봄을 준비하고 있었다
삼월에 내리는 눈이 무색하게도
봄꽃이 눈꽃처럼 지천으로 피어난다
새벽 서리에 굴하지 않고
때늦은 봄눈의 무게를 견디며
산지사방에 봄꽃이 다투어 열리고 있다.

나를 살린 것들

나를 살린 것은 그 누구보다
나 자신이다
억울함 비참함 절망감 복수심 그런 것이
삶의 끈을 잡게 한 것이 아니다
희망이다
반드시 회복할 거라는 믿음
자신에 대한 믿음
역사와 순수에의 믿음이다

내 밖에서 나를 살린 것은
가족이다
한 번도 흔들리는 모습을 보이지 않은
아무리 힘들어도 서로를 탓하지 않고
자신의 십자가를 묵묵히 지며 서로를 격려한
그 사랑이다
서로를 위해 자신을 서슴없이 내어 준
이해와 양보이다

가족 밖에서 나를 살린 것은

친구이다
많은 이를 잃었지만 얻었고
새로 발견했다
지치지 않고 역할을 나눠 가졌던
앞서가며 마음을 읽어 주던
나와 내 가족을 에워싸며 소리 없이 손을 뻗었던
그 고운 의리이다

마지막으로 나를 살린 것은
사람이다
일면식도 없으면서 믿어 준 이들
더위 삼십팔 도 영하 이십 도에서도
거리를 서성이고 손발을 동동이며
자신을 돌보지 않고 내게 눈을 고정했던 이들
함께 울고 아파해 주며 나를 부끄럽게 했던
그이들에 대한 마음의 빚이 나를 살게 했던
바로, 그 사람이다.

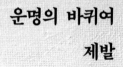

운명의 바퀴여

제발

그대는 어디 계셨던가

너무 큰 시련이 막 밀려올 때는
생각할 정신이 없다
그러나 조금 회복하면서 마음에 공간이 생기면
시련의 자리에 서운함이 꽉 들어찬다
일면식도 없는 이들이 이렇게 발 벗고 나서는데
그대는 어디 계셨던가
그대는 그렇게 두려웠던가
우정을 묻어 버릴 만큼?
하나씩 잘려 나간 관계의 빈자리에
새로운 인연이 들어서면
상처 난 마음에 위안의 시간이 찾아온다
아니 반드시 찾아오리라.

운명의 바퀴여 제발

내 인생이 이토록 극적일 줄은 생각도 못 했지
이전의 자잘한 시련들
당시에는 최악이라 생각했던 것들
돌이켜 생각해 보니
더 큰 시련을 위한 단련이었던 거야
그 점에서 신이 잔인한 것만은 아니야
맷집을 나도 모르게 키워 주셨잖아

그러나 빙빙 돌릴 필요 없어
요점은 내 팔자가 더럽다는 것
남편도 아이들도 나 때문에
지옥으로 떨어졌잖아
조용히도 아니고 천천히도 아니고
정말이지 요란하게 떨어져 버렸어
삐딱한 이의 시기심을
통쾌하게 채워 주었어

팔자의 역전은 없을까
아니 아니 모든 것은 돈다고 했어

운명의 바퀴여 제발

힘 좀 써 보시게!

잊히는 죽음

여자 사동의 한 수용자가 오랜 식사 거부 끝에
조용히 유명을 달리하였음을
알음알이로 알게 되었다
재작년이던가
코로나로 격리된 구석방이 한갓져서
그냥 그 방에 머물고 싶다고 했더니
안 된다며 기어코 복도 가운데 내 방으로 돌려보냈다
그때 그 방에서 얼마 전에 한 생명이
길 떠났음을 누가 알려 주었던가
아무도 모르는 죽음
쉬쉬하며 잊히는 그 죽음을 기록하며
울어 주는 이 하나 없어 그 밤 내가 울었다

나 격리되어 당신 자리 빌려 쓰는 동안
꿈에서나마 방문하지 않았음을
한밤의 숙면을 지켜 주었음을
조용한 아픔으로
깊은 고마움으로
그 밤 삼배하고 좋은 곳에 가시라고

102

내가 울었다

모두에게 잊히는 죽음은

얼마나 쓸쓸했을까

그 밤 그리고 이 밤 모두가 잠든 시간에

오래 울었다

외로웠던 잊히는 죽음을 슬퍼하며.

연탄재

어릴 적 눈 온 날이면
집 앞에 뿌려진 연탄재가 미웠다
왜 첫눈을 제 놈이 먼저 차지한 건지
하얀 눈만을 골라 밟으며 연탄재에
눈을 흘겼다

새벽에 어머니는 모두가 잠든 시간에
일어나 연탄을 갈았지
눈 오는 밤
헌 연탄을 들고나와 부지깽이로
탁탁 두드려 부수었지

행여나 눈 위에 넘어질까 꽁꽁 언 발로 꼭꼭 밟았어
아침에 엄마 털신은 눈 대신 연탄재를
소복이 뒤집어썼지만
엄마의 사랑과 고생이
내 눈엔 보이지 않았네

이제 어머니는 아니 계시고

눈이 오면 연탄재 부술 일도
내 아이를 위해 새벽에 일어나
연탄 갈 일도 없네
연탄재 밟을 일도 없네.

소똥 – 동생의 화상

산으로 이어진 작은 길을 따라
논두렁을 지나고 초가집도 지났어
하늘을 보지 않고 땅바닥에 떨어진
소똥만을 찾아 두리번거렸지
햇볕에 말라 짚처럼 누워 있던
소똥을 발견하면 환호성을 질렀어
언니의 손을 뿌리치고 막 달려갔지
두 손에 누런 소똥을 집어 들고
으쓱했던 내 어깨
초가을의 그날은 기쁨으로 충만했었지
엄마에게 칭찬받을 기대에 부풀어
마른 소똥이 약이 되어 동생의 다리에
발라지는 것을 보는 내 마음은 천국이었다
"언니, 내일 또 갈 거지? 그치?"

영원

언젠가 내 손주의 고사리손을 잡고
그 맑은 눈 호기심에 가득 찬 눈을
들여다보며 과거의 야만을 경쾌하게
이야기하리라
"옛날 옛적에 말이야,
너 태어나기 전에 말이야,
글쎄 이런 일이 다 있었단다⋯⋯"
나의 희망 내 존재의 영생이
나의 새끼들 그 새끼의 새끼들로 이어지는 한
영원한 나는 이미 이 싸움에서
이겨 버린 것이리라.

천국

갑자기 나는 이곳의 모든 것이 감사해졌다
아침에 눈 뜨면 손 하나 까딱함 없이
아침이 배식된다
잔반을 거두어 가면 뜨끈한 온수가 통에 주어진다
옷도 잠자리도 이불도 물도 모두 그냥 주어진다
온수는 아홉 시 삼십 분에 또 통에 담겨 내게 온다
나는 커피를 마실 수도 있고 양말을 빨 수도 있다
여기서는 속옷을 제외한 빨래도 해 준다
부피가 큰 이불이나 사복은
염가에 세탁 서비스도 해 주고
열한 시 이십 분에 점심이 배식된다

나는 장을 보러 가는 번거로움도 없이
콩나물을 씻거나 시금치를 다듬지도 않았는데
밥과 네 종류의 반찬이 정갈하게 담겨 내 앞에 있다
잔반을 걷어 가고 나면
진짜 뜨거운 커피 물이 주어지고
두 시 반까지 빈둥거릴 수 있다
두 시 반에 온수 한 통을 받고 네 시 이십 분에

석식을 받고 나면 잠들 때까지
텔레비전이나 보며 한가로울 수 있다
이 작은 독방으로 축소된 나의 세상
세상에, 이런 천국이 어디에 있을까.

시동생의 면회

지난 오월에 풀려난
그가 형과 함께 와서 보자마자
대뜸 울고 갔다
반백의 머리로
고생이 심했을 텐데
선하디선한 눈매로
눈물을 감추지 못하고
펑펑 울고 갔다
나까지 울면
걷잡을 수 없을 테니
형이 너무 미안해질 테니
나는 꿀꺽꿀꺽 울음을 삼키며
애써 미소 지었다
다 잘될 거라고.

그대의 어깨

그대 오시지 않으면

내가 가리다

그대 오시다 멈추어도

내가 가리다

우리 가야 하는 길

함께 가야 하는 길

내가 가도

그대가 가지 않아도

우리는 운명의 실로 엮여

그대 오시지 않으면

내가 가리니

그대 오시다 멈추어도

내가 가리니

그대 어깨에 모든 걸 얹지 마세요.

바닥

하느님
어디까지 끌어내려야
바닥일런가요
끌어내리고 끌어내리며
산산이 흩뜨리고 부수는
당신조차 이젠
지치지 않나요
도대체 끝이 어딘가요
끝장을 보는 조폭처럼
저희의 모든 것 남김없이
절단 내고야 멈출 건가요
저의 항복이 아직 성에 차지 않나요
처절하게 처절하게
짓이기고 뭉개어
이제 형체조차 남지 않은
폐허에서조차 뭔가를 샅샅이
찾아내시는 당신은
정말로 끔찍하기 이를 데 없습니다
다 포기하였고 완전히 죽어

이제는 꼬챙이로 찔러도

미동도 하지 않을 것 같았던

제게 뭔가 아직도 남아 있었나 봅니다

하느님께서 그렇게 싫어하시는 뭔가가

어쩔 수 없네요 제발

멈춰 주세요 이제 그만.

용서란

용서란 무엇인가
죄를 묻지도 따지지도 않고 덮는 것인가
용서란 기회를 주는 것이다
용서란 죄지은 자가 참회할 때
돌아선 마음을 돌려주는 것이다
끊었던 사랑의 길을 다시 열어 주는 것이다

용서란 죄를 없애 주는 것이 아니다
죄를 반성하고 엎드릴 때
그 엎드림을 받아 주는 것이다
사랑하고 사랑받을
기회를 다시 주는 것이다
용서란 마음을 여는 것이다.

기도 1

비가 오면 비가 오는 대로
꽃잎이 지면 꽃잎이 지는 대로
바람이 불어쳐 나뭇가지를 꺾고
힘없이 매달린 잎을
사정없이 흩뿌려도
한때 밝고 청명했던 하늘을
한때 흐드러지게 만개했던 꽃을
한때 청청했던 나무의 성장을
시퍼렇게 온 세상을 물들였던
그 녹음을 떠올리며
초연히 감사하리라.

그림 속의 삶

바닷가 화가의 그림책을 받았습니다
처음부터 끝까지 두 번을 찬찬히 보았습니다
책장을 덮으며 생각했습니다
사십여 년에 걸친 그림의 세계가
어쩜 이렇게 출렁이는가 하고
그림은 그녀의 일생을 닮았을 거라 짐작하면서
나이가 들어서도 정돈되지 못하고
정교하지 못한 한가한 시간의 그림을
생애 최초의 그림책에 담은
경박함을 멀리서 구경합니다
평온하고 좋았을 삶, 깊이가 없었을 삶
부끄러운 내 삶의 그림자를 엿봅니다.

신의 게임

그대여
나는 내가 그대를 대신하여
이곳에 갇힌 것을 늘 감사하였습니다
하늘께서 내 뜻을 헤아린다면
그대와 우리 아이들을 온전하게 지켜 주시지 않을까
기대도 했습니다
그러나 그대여
하늘의 단련이 이에 그치지 않더라도
절망하지 맙시다
하나의 문을 닫으면 새로운 문을
열어 주신다고 했지요
이 나이에 나는 두근거림 가득한
마음으로 신이 이 게임을 어떻게
이끌어 가실지 지켜보겠습니다.

단식

사동이 불편하다
공기도 마음도 모두가 불편하다
누군가 단식을 하면 체한 듯이
사동이 불편하다

그 단식의 의미를 알지 못해도
아무 말이 없어도
어떤 마음으로 곡기를 끊는지
모두가 알기 때문이다

지금까지 두 목숨이
먼 길을 떠났다
체한 듯이 불편해도
우리는 결코 묻지 않는다.

달력을 붙이며

지난해를 보내며
새해의 달력을 벽에 붙인다
감옥에서는 생일 밥을 먹지 못하니
나이를 더해서는 안 된다고 한 지인의 말
그래서 내 나이를 사 년 전으로 고정한다
십 년 이십 년 전에 떠나 버린 친구들을 생각하며
이곳에서 네 번의 봄 여름 가을 겨울을 추억한다
습관처럼 숫자를 세지만
사 년은 사 년 같지 않고
십 년 이십 년도 실감이 안 난다
그저 한 치 앞도 모르는 나날들
다가오는 봄을 반기며
팔 년 전에 떠난 어머니와 아버지를 그리워한다
화살처럼 사라져 버린 시간과 사랑을.

나는 안다

나는 안다
가끔은 웃음 한 번에
수천 번의 눈물이 응축된 것을
세상은 웃음만 보고 환호하지만

나는 안다
그 웃음 속에 스며든
지독한 고독을
누구도 그 웃음의 뜻을 캐묻지 않아도

나는 안다
가장 밝은 웃음 뒤에 감춰 둔
깊은 절망과 더 높은 희망을
언젠가는 활짝 필 슬픔의 승화를.

용기

공포로 장난치는 이는
악마 중에 악마이다
존재의 가장 두려운 감정
공포로 수단을 삼는 이는
용서받지 못한다
용기는 공포의 부재가 아니다
공포를 가지고도 맞서는 마음
공포를 향해 온몸을 던지는 마음
두렵지만 멈출 수 없는 마음.

짜장면

3월 2일 짜장면이 중식으로 나왔습니다
하늘에 계신 부모님이 아셨을까요
제가 사 년째 미역국도 가족도 친구도 없는
생일을 보내고 있다는 사실을
이곳에서 처음으로 짜장면이 메뉴에 오른 날
그날은 내 생일이었습니다

수천 명의 식사를 대량으로 만들었을 취사팀
짜장면은 참으로 맛있었습니다
어린 시절 가족을 생각게 하는 그 맛 그 냄새
짜장면을 좋아하지 않아서 늘 우동 국물만
후루룩 들이켰던 그 꼬마는
흰머리를 인 나이에 짜장면을 맛나게 먹었습니다.

2023.03

짜장면

짜장면이 3월 2일 중식으로 나왔습니다.
하늘에 계신 부모님이 아셨을까요.

제가 네번째 명역국도 가족도 친구도 없는
생일을 보내고 있다는 사실을.
이곳에서 처음으로 짜장면이 메뉴에
오른 날, 그날은 나의 생일이었습니다.
수채명의 식사를 대량으로 만들었을 취사턴.

짜장면은 참으로 맛있었습니다.
어린 시절 가족을 생각케 하는 그맛 그냄새.
짜장면을 좋아하지 않아서 늘 우동곱빼기
후루룩 들이켰던 그 꼬마는
환여리를 안 나이에 짜장면을 맛있게
먹었습니다

봄바람

살갗에 닿는 바람의 온도가 기분 좋게 차다
운동장엔 벚나무가 가지마다 꽃봉오리를 매달고
하늘을 나는 까치의 움직임이 활발하다
봄이런가
봄은 이렇게 쿨하게 다가와
만발한 벚꽃으로 피었다 지려는가
까치집이 완성될 때면
봄은 온데간데없을 텐데
바람은 속절없이 쿨하다
마음도 속절없이 날아오른다.

진실

진실에 잠시 눈을 감기로 결정합니다
그들이 진실을 따로 만들어 나의 진실을
덮고자 하기 때문입니다
그리고 그런 그들을 내가 선택할 수 없기 때문입니다
마치 우리가 언제 어디서 어떤 이들의
세상 속에 태어날지 선택할 수 없듯이
오늘 나는 진실에 두 눈 질끈 감고
훗날을 기약해 봅니다
그러는 내 마음이 이 시대가 참
쓰라립니다.

생일 선물

생일입니다
이곳에서 네 번째 만나는 생일에
처음으로 가족을 한자리에서 만났습니다
짧은 시간이었지만
안도하는 시간이었습니다
아이들의 얼굴이 밝고
눈이 반짝입니다
마치 잔칫상을 그득 차려 배 뚜드려 먹은 듯이
나의 오늘은
풍족하고 기뻤습니다
더 바랄 것이 없을 것 같았습니다.

수번 443번

삶에는 정답이 없다는 것을
지름길도 꽃길도 없다는 것을
그저 살아가는 것 매일을 새롭게
살아가는 것밖에 없다는 것을
생애 가장 낮은 곳에서 깨닫는다
'죄인'이라는 꼬리표가 수번 443으로 치환된
이 한 평도 되지 않는 독방에서
이제야
삶은 그래도 살아갈 만한 기쁨임을 깨닫는다
허름한 벽에 예쁜 엽서를 덧붙여
흉터를 감추고
간밤 베개 위에 떨어진
다리 많은 벌레와의 동침을 거부하며
종이테이프를 천장의 틈새에 붙이며
가로세로 두 뼘만 한 배식구로
하루 세끼 양식을 기쁘게 받으며
지금 여기 살아 있음에 감사한다
나를 살아갈 수 있게 해 준 모든 이들에 감사한다.

친구 K에 대한 추억

K야,

벌써 오십 년 전

우리 열세 살 때 헤어지고

오랜 세월이 흘렀지

그동안 너를 잊은 적이 없었는데

내가 이곳에서 영어의 몸이 된 후

부쩍 네가 더 자주 오래 생각난다

이 그리움의 근원이 상실의 기억임을 알기에

마치 이산가족이 된 것처럼 내 마음속에

너에 대한 기억은 갈피를 못 잡고 헤매인다

K야,

잘 있겠지

함께 진학하지 못한 그 겨울

왜 중학교에 안 가니?

세상에서 가장 멍청했던 나의 질문에

"응, 남의집살이 가"

담담하게 말했던 너

나는 말문도 가슴도 막혀서

눈앞이 무너지고 먹먹해서
도무지 뭐라고 했는지조차 기억하지 못한다
"안녕"이라고나 했는지
"언젠가 다시 보자"고나 했는지
아니야 "다시 보자"고 못 한 걸
반백 년이나 후회했구나

K야,
너는 나를 잊었으련만 아직도
나는 눈물을 흘리며 사모곡을 부른다
나는 이 그리움의 근원이
너에 대한 내 상실의
내 어린 마음의 상처임을 알기에
K야
언젠가 우리 반드시 만나자
그때까지
우리, 잘 살아 있기로 하는 거야.

불가능의 영역

어떤 이의 마음을 얻는 일은 어려운 일이다
그러나 그이의 마음을 잃지 않는 것은
더 어려운 일이다
그이의 마음을 오래 유지하는 것은
불가능에 가까운 일이다
그러니 어떤 이의 마음을 얻어
잃지 않고 오래 유지하는 것은
생명을 거는 일과도 같은 것
죽음으로 다가가는 우리 인생에선
순리를 역행하는 불가능의 영역
그대의 마음에 나의 목숨을 걸 만큼
그대를 의지하고 믿고 있으니
그대 부디 불가능의 영역에서 승리하시길.

휴일의 기도

일요일
기상 점검이 끝나고
아침 식사를 마치고
육 리터의 온수 통에 펄펄 끓는 물을 받고
쓰레기 분리수거까지 끝내고 나면
인스턴트 블랙커피 한 잔을 마십니다

그리고
나는 당신을 생각합니다
아무도 방해하지 않는 휴일의 이 공간 이 시간
나의 기도처럼 당신을
당신의 기도처럼 나를
생각합니다.

초현실 영화

부산함이 사그라든 휴일 아침
기도하는 소리가 들려옵니다
싸우는 소리도 들려옵니다
조만간 우는 소리도 들리고
교도관의 빠른 발걸음 소리도 들리겠지요

이곳은 무장 지대 같은 공간
자칫하면 지뢰를 밟겠지만
나 하나 사라져도 흔적이 남지 않는 곳
이 아무개 김 아무개가 아니라
자동차 부품 번호처럼 숫자로 매겨져 칸칸이
한 명 두 명 세 명씩 넣어져 보관되는 곳
이상하게 무수한 소음 속에서도 침묵이 득세하는 곳
아무도 그 소리에 귀 기울이지 않는
초현실의 공간
오늘도 A가 찬송하고
Z가 소리 지르고
Y가 울고 있는데
그것이 일상인 공간

이 안에서 모든 인간처럼 행동하는
먹고 싸고 자는 A, Z, Y는
인간의 기억을 잃은 잉여 인간
초현실 공간을 완성하는 엑스트라
아무리 기다려도 엔딩 크레딧이 올라가지 않는
침묵의 영화.

노모의 편지

시어머님께서 생일 축하 편지를 보내셨다
여든하고도 오 년을 더 사신
못 볼꼴 볼꼴 다 보고 사신 어머님
며느리가 감옥에 갇혀 보내는 생일이
네 번째임을 세어 주시고
잊지 않으셨더라
당신이 꿋꿋이 버텨 주시는 것이 이리 큰
위안이 될 줄은 미처 몰랐으니
세속의 불효 중에서도 상불효자가 되어
부디 그렇게만 조금 더 견뎌 주시기를
엎드려 염치없이 빌어 본다.

좀 더 좋은 사람이 되고 싶다

세상은 주고받는 것이 아니다
받은 만큼 주는 것도 아니고
준 만큼 받는 것도 아니란 걸
이제야 깨닫는다

내가 많이 준 친구는 더 달라 하고
내게 받은 적 없는 이는 조건 없이 주려 하는
이 불가사의에 가끔 어리둥절하다
그리고 반문한다

나는 누군가에게 조건 없이 얼마나 주었나
나는 누군가를 조건 없이 얼마나 믿었나
그리고 이제,
나는 좀 더 좋은 사람이 되고 싶다.

나무

겨울 찬바람에 헐벗은 나무는
일월부터 새봄을 준비했다
세상에 등장하는 디데이는
봄꽃이 피어나는 날
그러나 그의 준비는 겨울의 한가운데였으니
보이는 것이 다가 아님을
너무 늦게 알지 말라
새봄의 찬가는 가장 어려운 시기 한겨울에
묵묵히 준비했던 정신에게 걸맞은 것이니
그대 그 결실을 그 꽃을 찬양하더라도
잉태의 인고를 잊지 말지니.

근육

평소에 쓰던 근육이 병나면
쓰지 않던 근육을 보살펴야 하듯
뇌도 마찬가지여서
차곡차곡 쌓아 둔 지식이 리셋의 지경에 이르면
밀쳐 두었던 정보를 데려와야 한다

전과 후가 극명히 나뉘는 세계
가끔은 아플 일도
더러는 망각할 일도
꼭 나쁜 것은 아닌가 보다
신세계의 발견을 위해서는.

일각이 여삼추

그렇다

일각이 여삼추

일 초가 세 번의 가을처럼 길게 느껴진다

님을 기다리는 마음을 표현한 백미

그러나 그 일각을 수천수만 번 모아도

해를 넘기는 달력을 바꾸어도

나의 자유는 요원하고나

내게 자유는 님만큼

아니 님보다 더 소중한 것을.

마음의 대화

오늘, 당신을 만났습니다
찬찬히 보니 주름이 많아졌습니다
왜 아니 그렇겠습니까
그 마음을 미루어 짐작하고도 남습니다
아이들까지 다 내려놓은 지금
뭐가 그리 안달복달할 게 있겠습니까
이 일이 있기 전까진 내 속으로 낳았어도
그리 단단한 줄 알지 못했습니다
시련이 성숙시켰을까요
나는 아이들만 보며 살겠습니다
당신은 훨훨 자신의 길로 나아가세요

오늘, 당신을 만났습니다
자세히 보니 없던 흰머리가 셀 수 없습니다
왜 아니 그렇겠습니까
우리를 가두었던 그 세월이 그러고도 남습니다
우리 모두 다 내려놓은 지금
광야에 헐벗고 선 듯하여 춥고 아픕니다
이 일이 있기 전까진 감히 상상조차 못 한 일

우리가 이리 잘 버틸 줄 알지 못했습니다
시련이 서슬 퍼런 칼날로 닥쳤지만
당신과 아이들이 버티어 주어
내가 살아 있습니다

조금만 더 힘내 주세요, 다 와 갑니다
적어도 이 모든 일의 시작도 끝도
당신이 잡고 있으니 매듭도 풀어 주세요
나는 당신 옆을 지키겠습니다.

죽어야 멈출 수 있는 길

저마다 죽음으로 가는 길

각자에게 할당된 거리는 들쭉날쭉하지만

아무도 알 수도 잴 수도 없는 길

위험과 행운으로 가득한 길

누구의 정수리에 위험이 행운이 떨어질지 알 수 없는 길

빈손으로 홀가분하게 걷는 이

이고 지고 바리바리 싸 들고 걷는 이

돌부리에 걸려 넘어져 코피 터진 이

앞서가는 이의 발을 걸어 추월하는 이

주저앉아 일어설 생각 없이 멍 때리는 이

와중에 물웅덩이에 코를 박는 이

저마다 죽음으로 가는 길

죽어야 멈출 수 있는 길

아무도 종점을 알 수 없는 길

멈출 수 없는 길.

'안녕'을 고하는 법

한 가족이 모든 것을 내려놓았다
할 수 없이 또는 선택해서
어느 경우든 세상은 안다
이 가족이 모든 것을 내려놓았음을
세속의 죄를 끌어낼 것까지 없다
한 세대와 그다음 세대까지
모든 것을 내려놓았음은
지나온 노력과 열정에
완전한 '안녕'을 의미한다
그러므로 내려놓을 수 있다는 것은
과거에 작별을 고하고
새로운 노력과 열정을 위하여
공간을 비우는 일이다
새 길을 만드는 일이다

안녕의 방법은 달라도
어떤 이는 존재의 소멸을 취하고
어떤 이는 공간을 떠나고
어떤 이는 시간을 섞어 버리지만

이 가족은 그대로 제자리에 서서
시간이 의도한 모든 오욕을 견디며
안녕을 고했다
그리고 백지의 마음과 벌거벗은 몸뚱이로
성큼성큼 나아갈 준비를 마쳤다
지켜보는 이들의 눈길을 피하지 않으며
결코 뒤돌아보지 않으며
그리하여 남은 이들은 그 가족의 모습을
오래 그리워하며 오래 고대하며
지켜볼 밖에.

산다는 것

힘들어도 고생을 고생이라 생각하지 않았다
모두가 고난이라고 해도 바닥이 아니라고 생각했다
불행을 불행으로
비극을 비극이라고 생각지도 않았으니
믿음과 희망을 앞세웠기 때문이다
지금을 견디어 미래를 만들겠다는
의지가 있었기 때문이다
그리고 사랑의 힘이 있었기 때문이다
믿음 희망 의지 사랑이 있었기 때문이다
삶은 그렇게도 살아지는 것이니까.

의사 D 선생님

선생님 앞에서 많이 울었다
울음이 그치지 않는다고 말하며 엉엉
그침 없이 울었다
나 혼자 다 말하고
나 혼자 다 울고
아니 울음을 그치지 못하고
헤어졌다
선생님이 항우울제를 처방하시겠다고 했다
울면서 말했다
아 제가 우울증인 거군요
울며 돌아오며 생각했다
그분은 참 좋은 의사 선생님이라고
아무 말씀도 안 하고 들어 주시기만 했는데
참 훌륭한 의사 선생님이라고 혼자 생각했다.

여행

악몽을 꾸었다

여행을 가기 위해 모인 우리는

각자 비행기표를 끊었으므로

각자의 게이트로 나아갔다

제일 먼저 내가 I-50이라는 게이트를 향해 나갔지

I-50을 보고 표지판대로 길을 따라갔는데

나의 게이트는 존재하지 않았다

우왕좌왕하다 보딩 시간이 지났고

비행기를 놓쳤다 낭패한 표정으로

재발권을 위해 발권 데스크로 갔다

발권 데스크가 방금 눈앞에 있었는데

신기루처럼 사라졌다

나의 세 친구도 보이지 않는다

이제 공항 건물에는 덩그러니

두리번거리면서 나 혼자 남았다

사방을 둘러봐도 출구가 없는 공간

나는 밤새도록 출구를 찾아 헤매다 깼다

왜 악몽은 늘 기억이 나는지

나도 알고 싶다

언젠가는 꿈에 멋지게 비행기를

타고 여행을 가고 싶다

그리고 깨어나면 꼭 그 꿈을 기억하고 싶다.

못생긴 시

시인 L의 시를 읽고 그만 주눅이 들었다
나는 시를 쓰지 않겠노라고
펜을 꺾어 버렸다
충분한 세월이 흘렀다
마음이 가라앉아 발효가 되었는지
아니야 시는 자화상과 같은 거야
못났으면 어때 못나면 못난 대로
세상에 마음을 내놓는 일인 거야
용기를 내서 펜을 잡아 본다
나의 못난 자화상.

두들기는 자의 종말

하도 두들겨 맞았더니
이제 웬만한 주먹에도 무감하다
오늘
엄청난 한 방을 맞았는데
머리끝부터 발끝까지 휘청였는데
목숨이 붙어 있다
휴
그런데 참 지악스럽다
두들기는 자, 너는
지치지도 않나
네가
너의 주먹이 썩어나고
너의 뻣뻣한 고개가 거꾸러질 날을 고대하며
오늘도 무지렁이처럼 나는 엎으려 두들겨 맞는다
어제보다 덜 아픈 것은 사실이라고 중얼거리며.

그대의 배반

그대는 진실을 티끌처럼 버리고
나를 순식간에 웃음거리로 만들며
장막 뒤에서 웃지
그대를 믿는 사람들이
하이에나가 되어 킬킬거릴 때
세상의 공기는 끈적하다
서서히 폐에 스며들어
매캐하게 질식시키는 안개처럼
그대는 진실을 그렇게 버리고
어찌 세상과 마주하는가
그 어떤 변명도 그대를 용서할 수 없다는 것을
시간이 알고 있는데.

그대 늘 그 자리에

그대 늘 그 자리에
계셔서 고맙습니다
비가 오나 눈이 오나
수은주가 가쁘게 산등성이를 넘고
빙벽 아래로 추락해도
그대 늘 그 자리에
그대 찾는 내 발길이
단 한 번도 헤매지 않게
실망하여 돌아서지 않고
한결같이 서 계셔서

나는 그대 나침반 삼아
나는 그대 등대 삼아
길 잃지 않고 돌아옵니다.

익모초즙

우박이 떨어지는 날이면
동생은 장독대에 서서 익모초즙을 먹었다
늘 땀을 뻘뻘 흘리며 허약했던
팔삭둥이 동생은 익모초를 어찌나 잘 먹는지
엄마는 폭풍 칭찬을 했었지
그 폭풍 칭찬이 부러워
나도 익모초즙을 먹고 싶었지만
삼베 주머니에 넣은 익모초 마지막 한 방울까지
힘들게 짜서 겨우 한 사발
나는 감히 엄마에게 내 것도 해 줘 소리를 못 했다
나는 땀도 안 흘리고 허약하지도 않았고
팔삭둥이는 더욱 아니었기에
칭찬은 언제나
익모초를 먹는 고통만큼
딱 그만큼이었기에.

왜 그랬을까

엄마는 왜 그랬을까

내가 그릇을 깨면 왜 그리 호되게 야단쳤을까

그냥 봐줄 수도 있었을 텐데

그냥 다른 엄마들처럼 호들갑을 떨며

"괜찮니" 물어봐 줄 수도 있었을 텐데

엄마는 식탁에서 컵이 떨어져 '쨍그랑'

깨지는 그 순간 무서운 도깨비 눈을 뜨고 소리쳤지

"기집애가 조심성 없이 또 깼니?"

산산조각 난 유리 조각을 치우며 엄마는

무슨 생각을 했을까

주눅 든 내 생각을 했을까

아니면 외눈으로 살아갈 딸의 험한 세상을 생각했을까.

면 팬티를 꿰매며

생각해 보니
하지 못한 일이 너무 많다
그러나 어쩌랴
육십 줄에 들어 갇힌 신세로
젊음을 다시 살 수도 없으니
내 낮은 삶을 요리조리 꿰매어
지속될 수 있게 만들 밖에.

접견실 가는 길

나는 일 년째 휠체어를 타고 있다
휠체어를 위한 편의 시설은 전무한 곳
변호사가 오는 것은 기쁘지만
접견실 가는 길이 구만리처럼 아득하다
더욱이 수행 교도관이 휠체어를 잘 다루지 못할 땐
넘기 힘든 철문 앞에 도착하여 늘 걱정이 태산이었는데
교도관 한 분이 천사처럼 나타났다
휴우
남은 길을 가면서 얘기했다
아무리 아무리 힘든 시절이라도
어디선가 예기치 못한 도움의 손길이 온다고

한 시간 반의 변호인 접견을 마치고 돌아가는 길
이번에 함께 가는 교도관은 허리가 아픈 이라서
더욱 걱정이었다
우리는 벌써부터 낑낑거릴 준비로
중무장을 하고 막 출발하려는데
어디선가 목소리가 먼저 들렸다
"제가 좀 도와드릴까요?"

그럼 그렇지

나의 신은 가혹한 시련 속에서도 작은 친절을 잊지 않는다

딱 죽지 않고 살아갈 만큼만 주신다

그분의 깊은 뜻은 도대체 무엇일까

오늘도 반문해 본다.

'그냥' 말고

나는 지금 나의 시련이 그대의 생명일지
모른다고 생각합니다
그대보다는 내가 내성이 강하니까요

그대여 부디 살아 주세요
'그냥' 말고 건강하게 살아 주세요
지금 나의 시련을 위해서

나는 지금 나의 시련이 견딜 만합니다
내 시련 위에 그대의 생명이 자라고
그 생명 위에 나의 미래가 의지하고 있어서

'그냥' 말고 기꺼이 견딜 만합니다.

잠

어둡고 무겁게 질질 끄는 잠
밤새도록 헤매고 다녔는데
온몸이 뻐근하도록 노동을 했는데
눈뜨면 품삯은 사라지고
두통만 남는 잠

하루하루 선고의 날이 다가오면
무거움이 헤맴이 뻐근함이
그리고 망각이 해 질 녘 그림자처럼 드리우고
혼탁한 눈처럼 팅팅 부은 꿈은 어데 가고
둔탁한 두통만 남기는 잠

새벽 찬바람에 흩어져 버리는 온기 같은 잠.

영양 크림도 살까

이곳에 온 지 만 이 년 육 개월
처음으로 선크림을 사 보았어
얼굴에서 퍼지는 은은한 향기가 좋았지
화장실에 가도 운동을 가도
면회를 가도 나를 따라다니는 그 향기가
정이 들기 시작했어
왠지 혼자가 아닌 것 같은 마음
왠지 누구를 기다리는 마음
그 마음 끝에 구매 물품 목록을 뚫어지게 쳐다보며,
'영양 크림도 살까'
아직 스킨과 로션은 살 계획이 없어
언제나처럼 보디로션을 바르면 되잖아
다만 '영양 크림도 살까'.

우리의 길

그와 내가 서로 다른 길을 걸었더라도
나는 몸이 갇혔지만 마음이 자유로웠고
그는 몸이 자유로웠으나 마음이 갇혔던 시절
시간은 누구에게 더 수월했을까
자궁이 온 우주였을 태아처럼
우물 안이 생의 경계였을 개구리처럼
이 한 평의 공간을 군림하는 나보다
태양과 별빛 아래
생의 경계 없이
온 우주를 헤매었을 그에게
공간은 더 자유로웠을까.

시인이 된다는 것

나는 시인 L의 시를 읽고는 그냥 기가 죽어 버렸어
한동안 글 쓰는 것이 부끄러울 정도로
그의 시 앞에서 주눅이 들어 버렸지
비단 그의 시뿐이겠는가
나는 시인 P의 시 앞에서는 기만 죽은 게 아니야
절망까지 했었지
그냥 한동안도 아니고 평생을
절필할 생각이 들어 버렸지

그러나 나는 다시 펜을 들어 본다
시인이 뭐 대수겠는가
시는 뭐 명품이 따로 있는가
주눅과 절망은 그냥 놔두고
마음을 벼리는 시를 쓰겠다고 나는 작정했지.

나는 보수주의자

나는 집 바꾸는 것을 싫어하고
나는 차 바꾸는 것도 싫어하고
나는 사람 바꾸는 것도 싫어하는
나는 보수주의자

나는 화장도 싫어하고
나는 성형을 싫어하고
나는 염색도 싫어하는
나는 보수주의자

나는 사랑을 믿고
나는 결혼을 믿고
나는 아이를 믿는
나는 보수주의자

그러나 나는 역사를 믿고
그러나 나는 진보를 믿고
그러나 나는 인간의 이성을 믿는
나는 진정한 보수주의자.

침묵

내게 성가신 일이 생겼지만
침묵하기로 한다
내게 오해가 생겼지만
침묵하기로 한다

너와 나는 서로 다른 존재
우리가 무한히 열린 마음으로
서로 사랑하며 믿지 않는다면
말보다 침묵이 더 큰일을 하기에

내게 화난 일이 있었지만
내 감정에 침묵하라고 한다
내게 슬픈 일이 있었지만
내 가슴에 침묵하라고 한다

결국은 침묵이 이겨 낼 것을 알기에.

아버지

아버지는 말을 아끼라고 하셨지
총알을 미리 다 써 버리고 나면 정작
필요할 때 쓸 게 없을 거라고

아버지는 복을 아끼라고 하셨지
복이란 늘 그렇게 흘러들어오지 않을 테니
나중에 복이 멈추면 힘들 거라며

아버지는 때리기보다는 맞으라고 하셨지
때린 놈은 웅크리고 자고 맞은 너는
두 다리 뻗고 잔다고 하시며

아버지가 믿었던 세상은
침묵하고 근면하고 손해 보는 이가 이기는 세상
과연 그 세상이 있기나 한가

나는 육십 년을 살고도 아버지의 참뜻을 모르겠다.

빚

사실 나는 그에게 마음의 빚이 있었지
무슨 빚이냐고?
말로 다 설명하긴 쉽지 않아
뭐랄까
그가 나보다 더 욕심 없이 산다는 것?
그 옆에 나는 조금 더 세속적으로 산다는 것?
그 점이 빚이 되었던 것 같아
콤플렉스?
없지 않아 있었지
하지만 말야 어느 순간 우리가 가족이고
'한배를 탔다'고 생각하니 콤플렉스보다는
자랑이 앞섰지
나는 그를 지켜 주고 싶었어

내 몸에 때를
내 손에 오물을 묻히더라도
나는 그를 깨끗하게 지켜 주고 싶었어
이해 가지?
그런데 일순간 거대한 똥덩어리가

우리를 덮친 거야

정신을 차리고 보니

그도 나도 똥 범벅이더군

그런데 역설적이게도 그 똥물이

내 마음의 빚을 깨끗이 씻어 주더군

아주아주 말끔히 말이야 믿어져?

내가 그 옆에 서서 반짝반짝 빛나고 있음을

이제야 깨달은 거야

히야호!

다리가 많은 벌레

아침에 일어나 보니
베개 위에 검은콩같이 생긴 점 하나
움직이는 듯했다
눈을 깜박이고 난 뒤 집중하여 노려보았다
돈벌레였다
휴지로 집어서 독방 밖 복도에 떨구었다
왠지 여기서는 작은 생명 하나에도
동지감이 느껴지는지

며칠 후 아침 점호를 마치고 누웠더니
천장에 검은콩같이 생긴 점 하나
오래 노려보았다
움직이는 것을 보니 벌레가 맞다
사소 언니가 와서 휴지로 꾹 눌러 죽여 주었다
그렇게 우리는 한 생명의 몰살에 공범이 되었다
내 작은 독방의 천장에 종이테이프가 둘러졌다
그리고 다음 날

나는 하얀 세면기 위에서 그 다리 많은

동지가 기어다니는 것을 보았다
휴지로 집어서 휴지와 함께 변기에 수장했다
뚜껑을 덮고 물을 내렸다
그 다리 많은 벌레 위에 궁둥이를 들이밀 뻔뻔함이 내겐 없
었고
죽었는지 살았는지 확신도 없었으니까
나는 오래 참고 기다렸다

아, 다리가 많아 슬픈 벌레여
벌레조차 이렇게 끈덕진데 나도 끈덕져야지.

나는 왜 몰랐을까

나는 왜 평생 문학 공부를 하고도
몰랐을까
약속에 늦은 이가
차 사고로 늦었어요 하면
'핑계일 뿐이야, 차 사고는 개뿔'
이라고 생각하는 대신
"큰 사고는 아니었어?
안 다쳤어?
전화하고 미루지 왜 왔어?"
걱정을 쏟아 냈는지
그게 보통의 반응이라고 생각하며 살아온
나는 왜 몰랐을까
사람들은 면피를 위해 거짓말을 밥 먹듯 하고
그보다 더한 양심도 팔 수 있음을
정말 나는 왜 몰랐을까.

오렌지색 호스

사동 증축 공사를 위해
오렌지색 호스가 운동장 가는 길을 가로지른다
그 색감이 주는 단순 명료함이 이 단조로운
풍경에 악센트를 주는데
내 휠체어의 진행에는 큰 장애이다
이제 때가 되지 않았나 싶어
걸음보조기를 사용해 보고자 했다
중심이 잡히지 않아 실패했는데
돌아오는 길의 그 오렌지색 호스가
왠지 더 눈에 띈다
그래 너를 넘기엔 아직 시간이 더 필요해
하지만 봄날은 곧 올 거고 네게도 끝이 다가올 거야.

허리의 통증

마음의 허리엔 뭐가 있을까

디스크가 파열되고

다리가 마비되면서

'국가의 승인' 아래 형 집행정지를 받고

두 번의 수술을 받았다

한동안 흉추가 너무 아파

스치는 것조차 비명을 냈다

흉추의 진통이 수그러들었을 때

허리의 통증이 몰려왔다

몸을 세워서 걷지 못하는 통증

문득 마음의 허리엔 뭐가 있을까 궁금했다

몸보다 마음의 허리에 난 상처가 더 큰 것을

마음에도 허리가 있다면

그곳에 설명할 수 없는 통증이 자리 잡고 있다면

그래서 내 마음을 세워서 걷지 못할 정도로 아프다면

그런데도 나는 이를 모르고 있었다면

마음의 허리께를 더듬어 본다

몸도 마음도 함께 치료해야겠다

더 늦기 전에.

공기마저도

그대는 아는가
육 센티미터보다 더 깊은 곳
척추를 가르는 메스가 지나고 나면
공기마저도 통증을 상승시킨다는 것을
무통 주사가 부작용을 일으킨 탓에
나는 생생한 느낌으로 통증을 맞았다

그대는 아는가
사랑하는 이의 손길은 물론
그 목소리조차 고통을 상승시킨다는 것을
나는 그의 침묵을 요구했고
공기조차도 스치지 말기를 바랐으니
나의 통증은 말로 다할 수 없는 지경이다

문득 말기 암의 통증에 몸부림쳤던 선희 언니를 떠올린다
아주 짧았던 시간이었지만 언니의 통증에
다가갔던 나는 '몸서리침'의 의미를
공유했던 기억을 되살린다
하늘은 착한 이들에게 어찌하여

천형과 같은 고통을 주는지
오늘도 셀 수 없이 많은 이들이
셀 수 없이 많은 별들 아래서
유무형의 통증으로 신음하지만
속수무책이다.

시련

시련이 없었다면
나는 죽을 때까지 내가 무엇을 원했는지
몰랐을 것 같다
되돌아보니 쉬지도 않고
미친 듯이 살아왔다
멈추어 쉴 만도 하였건만
일은 일에 꼬리를 물고
나는 멈추자는 마음과 몸의 외침을
애써 무시해 왔다

이제
비운이든
죽을병이든
그 무엇이든
시련으로 멈춤을 겪은
이들은 뼈저리게 깨닫는다
좀 더 일찍 멈췄어야 했음을
좀 더 일찍 나를 중심에 놓았어야 했음을
좀 더 일찍 시련이 개입했어야 했음을

아직도 멈추지 못하거나
어리석은 시련 속에서도 멈추지 못하는 어리석은 이여
그 끝은 후회 많은 죽음뿐이니
이제는 더 늦기 전에 멈추어 보자
멈추어 나의 목소리를 들어 보자.

신과의 대화 - 꿈

간밤에
엄청난 포효를 하였다
내 몸과 마음의 상처를 다 드러내며
이만하면 충분하지 않냐고
이만하면 끝낼 때가 되지 않았냐고
계속 더 할 거냐고
무언으로 항변하며
포효했다
사지를 힘껏 다 펼쳐 보이며
'이제 그만이야 정말 이제는 그만이야'라고 생각했다
내 몸에 새겨진 고난의 자국을 활짝 펼쳐 보이며.

여러분

하늘이 노랗다
눈앞이 깜깜하다
다리가 후들거린다
심장이 멎는 듯하다
망연자실하다

이 모두를 겪었으니
아니, 말문을 잃고 정신도 잃고
희망도 의지도 잃고
모두 다 놓았으니
여러분

제가 살아 있는 것 맞나요.

생명

모든 생명의 몸짓은 아름답다
작게 피어도
늦게 피어도
다르게 피어도
피어나는 모든 생명은 그만의 한창때를
구가하기에 아름답다
우리가 슬퍼하는 것은 피어 보지도 못하고,
아니 피어나기를 거부하고 시드는
생명이다.

복통

여보 간밤에 내가 죽다 살아났어요
점심으로 먹은 매운 닭볶음탕 때문인지
저녁 먹은 거 점심 먹은 거 다 올라와도
모자라 출발 직전의 고물차 엔진처럼
부르렁 부르렁거렸어요
배가 작은 무덤처럼 부어올랐어요
속에 아무것도 없는데 위산이 분비되며
식도와 목 안쪽까지 타는 듯했어요
배 아픈 것 메슥거리는 것 때문에
새벽 세 시까지 잠 못 들었습니다
이곳에서 준 약 세 봉지를 다 게워 올려서
다른 약을 병용하였지요
여전히 통증도 메스꺼움도 남아 있지만
많이 나아졌어요
처음으로 약과 마신 물도 게우지 않네요
복통에 특효약은 굶는 거라
나는 며칠 굶어 볼 생각입니다

어느 날 문득 예고 없이 찾아오는 병은

생에 대한 우리의 의지가 얼마나 강한지

새삼 일깨웁니다

아마 성급하게 먹었나 봅니다

아마 너무 매웠던 모양입니다

아마 내가 먹은 닭고기가 충분히 익지 않았을지도 모릅니다

원인이 무엇이든 성급해서도 지나쳐서도

너무 모자라도 안 되는 것이

인생인가 봅니다.

어처구니가 없다

가슴을 통째로 도려낸 듯
공허한 마음에
생각이 멈추었는데
하느님과 맞짱이라도 뜰 듯이
머릿속은 폭풍 전의 고요 같은데
저 멀리 먹구름이 몰려오는
괴상한 저녁을
기다렸다는 듯이
왕성한 식욕이 몰려온다
태초의, 억겁의 무게로 만든
그 한 끼 식사를 향하여.

한 아이

한 아이가 주저앉아 울고 있다
과거도 현재도 미래도 빼앗겼다
한 아이가 숨죽여 울고 있다
현재를 체념한다
한 아이가 서럽게 울고 있다
그녀의 과거를 회복한다
한 아이가 몸부림치며 울고 있다
빼앗긴 미래 위에 새로운 신화를 구축한다
한 아이가 소리 없이 고이는 눈물을 털며 일어선다
그녀의 미래가 현재가 되고 과거가 되고 있다
이제는 아무것도 잃을 것이 없으니까
이제는 지금이 과거요, 미래니까.

아직은 충분치 않아

아이야 울어도 된다
울지 않고 의연한 네 모습이 더욱 아프구나
세상은 그런 거라고 말하지 않으련다
세상은 그래서는 안 되니까

아이야 힘내 다오
제발 버티어 다오
지금은 그들의 시간이나
반드시 역전의 날이 올 것이다

내 육십 년의 시간이 말해 주니
반드시 너의 억울함을
이 모든 부당함을 밝혀 줄 시간이
올 것이다

그저 기다림의
그저 견딤의
그저 긍정의
마음으로 주저앉지 말거라

아이야
하늘도 우리를 결코 외면하지 않으리니
눈물을 닦고 당당하게 나아가자
아직 갈 길이 멀지 않니

그래도 너의 가는 길 걸음마다
너를 붙잡아 줄 작은 들꽃 하나
너의 은신처가 될 작은 동굴 하나
너의 추락을 막아 줄 작은 바위 하나

그러니 너는 굽이굽이 길을 돌 때마다
그저 마음만 먹어도 너에게 작은 도움을
내밀 사람으로 가득했으니
그러나 아직은 충분치 않아

이 길 다 걸으면 길 끝에 내가 서 있으리니
그곳에서 너의 눈물을 닦아 주고 너를 다시 세우리니
그때까지는 그 어떤 것도 충분치 않아
너에 대한 나의 계획은 아직 갈 길이 멀었으니까.

그늘에 핀 꽃

운동장 한쪽 구석
언제나 그늘이 지는 곳
그곳에서 너를 보았다
해를 향해 부실한 줄기를 길게 뻗고
노오란 꽃잎을 겨우 펼쳐 낸
너의 굳은 의지를 보고 놀라웠구나
생명인 빛으로부터 철저히 외면 당한 그곳에서
너의 존재를
너의 꽃다움을 말없이 펼쳐 보인
너를 보고 숨을 죽였구나
왠지 모를 승리를 본 것 같아서
한참을 서서 위로받았구나.

미련

한동안 제 마음이 장마 뒤 흙탕물처럼 탁했습니다
다 내려놓은 줄 알았는데 아니었더군요
서운함 아쉬움 억울함이 남아서 마음에 찐득찐득
들러붙어 있었습니다
어디선지 모를 눈물이 자꾸만 흘러내립니다
울어도 울어도 마르지 않을
서운함이
아쉬움이
억울함이
제 발목을 잡고 있네요
선 자리에서 힘겹게 고개를 들어 하늘을 봅니다
비행기 길을 따라 항공기가 모기처럼 웅웅거리며
날아갑니다
제 미련도 실어서 날아가게 하렵니다.

기도 2

기도는 하느님의 마음을 바꾸지 못한다
기도하는 사람의 마음을 바꿀 뿐이다
　　　　　　　　 - 쇠렌 키르케고르

저는 아마도 많이 부족했던가 봅니다
제게 지워 주신 십자가
너무 무거워서 견딜 수 없을 것 같았습니다
그런데 이제 제 옆에 예수님이 함께
이 길을 걷고 계심을 확신합니다
엠마우스까지 가는 길을 동행했던
그분에 기대며 끝까지 가 보겠습니다
이 십자가 끝에서
제가 조금 더 나은 사람이 되게 하여 주세요.

너를 영원히 품는 그릇이고 싶었는데

시련을 겪어 보지 않고는 그릇을 알 수 없다
그 사람과 한 세월의 경험을 공유하지 않았다면
결코 가늠이 되지 않는다
공유했다 하더라도
부모와 자식처럼 어느 한쪽이 보호하는 관계였다면
더더욱 짐작조차 할 수 없다
시련이 닥치고서야
그것이 엄청난 시련이고서야
이를 버티는
놀라우리만치 침착하고 당당한 모습을 보고서야
그 그릇이 가늠이 된다
그리고 문득 낯설어진다
어리기만 했던 아이가
어느새 몰라보게 커져
나를 보호하고자 할 때임을 자각할 때
대견하면서도 어색한 순간
내가 기대어도 될까
쓸쓸함이 일렁인다
죽는 그날까지 너를 품어 주는 그릇이고 싶었는데

네가 웃자란 것 같아 미안하구나.

흰머리

머리카락 세 개가 빠지면
흰머리가 하나 있다
이제 머리카락 두 개에
흰머리 하나

흰머리의 득세에 무심할 수 있는데
그놈이 손가락 사이에서 잘 보이지 않아
내 손에 붙어 있을 때
문득 의문이 든다

세월이 그 많던 검은 머리를 다
탈색시키기까지
내게 흰머리마저도 친근해질 때까지
얼마나 오랜 시간이 걸릴까.

예전에

우리가 안았을 때
그대 심장은 천둥소리를 냈었지
나의 심장에 닿아 세상을 집어삼킬 듯한
그 쿵쾅 소리
나는 그대 가슴에 귀를 대고 그 격렬한
행진을 듣곤 했었지

여기 외로운 독방에서
홀로 일어나 수도꼭지를 틀면
정신 차리란 듯 얼음물이 쏟아진다
그대 심장 소리 듣듯 조용히 귀 기울이며
그 쿵쾅 소리
지하수의 빠른 심장 소리를 듣는다.

무직의 변

이제 강단에 서서 고민하지 않아도 된다
이 아이들의 삶을 어찌 바꿀지
한 세월 그 무게에 눌려 살았는데
참 버거웠는데
아무도 알아주지 않아도
물은 위에서 아래로 흐르는 거라며
포기하지 않았는데
이제 그 꿈을 내려놓고 홀가분하게 살아야지
나를 위해 살아야지

지난 세월이 한여름 밤의 꿈같고나!

문득
아름다움이 되는
순간까지

잡초

하다못해
잡초까지도 저리 어울려
하얀 꽃을 피워
온 세상을 만들었으니
어여쁘기 이를 데 없구나

밟아도 뽑혀도
그저 살아남자
살아남아서 뭉쳐 피워 보자
누군가 비웃어도
아랑곳 않고 당당히 피워 보자

문득 아름다움이 되는 순간까지.

빨랫감을 고른다

주중 행사인 빨래하는 날

나는 작은 방을 둘러보며 빨랫감을 고른다

속옷과 양말은 손빨래

담요 등 이불류는 유료 세탁

기타 의류 수건이 세탁기용 빨랫감

수건 세 장과 베갯잇과

기능성 티셔츠를 담고

세제를 빈 발효유 통에 계량한다

그리고 빨래 통을 문밖에 내놓으면

몇 시간 후 내 빨래를 대신해 주는

세탁기와 사소들의 고된 노동이 배달된다

세상에! 감사할 일이 왜 이렇게 많은지

탁한 눈을 씻고 아래로 아래로 낮게 응시할 일이다.

온수

아침마다 온수를 받는다
기운이 없어서 통을 놓쳤다
뚜껑이 헐거워 물이 왈칵 쏟아졌다
작은 방의 모든 물건을 적신다
이불도 책도 옷도
별일 아니다
이까짓 것쯤이야
그래도 한순간에 모든 것을 잃게 하는
실수를 보며
아차차보다는 아하 그렇구나
삶의 진리를 무섭게 깨닫는다
다치지 않았으니 다행으로 알자며.

이렇게 아름다운 날엔

오늘 하늘은
눈이 시리도록 청명하구나
왜 이처럼 아름다운 날엔
슬픈 생각이 차오르는지
가슴이 밀어낸 눈물이 방울방울 맺히면
아름다웠던 영혼들이 떠오른다

눈이 부시게 아름다운
시리도록 파아란 하늘엔
그대 점점이 구름처럼 왔다가 흩어지고
이곳에 홀로 서서 그리는 내 마음에
슬픈 위로를 주고 떠나는구나
이렇게 아름다운 날엔.

손톱깎이 쓰는 날

오늘은 손톱깎이 쓰는 날
일주일에 한 번이니
늘 옆에 두고 수시로 쓰는
아들과 남편이 여기에 없는 것 또한
다행이고 감사하다
알코올 솜과 함께 지급되어
몇 분간 쓸 수 있는 손톱깎이
내 손톱에는 W023번이 잘 맞는다
발견하기까지 시간이 걸렸지만
아주 작은 쾌적함이
때로는 큰 만족을 주기도 한다
인생처럼.

· 구치소에서는 일주일에 하루 정해진 시간에만(대략 오 분 전후) 손톱깎이를
  쓸 수 있다. 손톱깎이는 임의로 지급되는데, 내 손톱에는
  유독 W023이라고 적힌 손톱깎이가 잘 맞았다.

길 없는 길

'길 없는 길'을 걷겠다고 한다
나는 그 길을 오래 생각했다
그대에게 묻지 않았다
물어보아야 할 이유를 찾지 못했다
그대가 그 길을 찾으면
묻지 않아도 알게 될 테니까

그대가 어떤 길을 가도 괜찮다
나는 괜찮다
그 길이 어떤 길이든
그대 곁에 있을 것이니
그대는 매인 곳 없이
자유롭기를 저 하늘의 구름처럼
가볍기를
영원하기를.

보름달

달이 떴습니다
보이지 않으므로 생각만 했습니다
문득 배식구 스테인리스 판에 비친
창살을 보았습니다
각도를 잘 맞추면 그 너머 달을 볼 수 있겠습니다
밥그릇 들어가고 나올 정도의 그 틈으로
보름달이 반사되어 비치는 것을 붙잡았습니다
달과 나 사이에 스테인리스 배식판이 중계를 합니다
가슴 벅차오릅니다
그대가 있어 아름다운 밤입니다.

뿌리 깊은 들풀

창틀까지 웃자란 풀을 보고
고개를 갸웃합니다
제초기로 싹쓸이한 게 언제였더라?
엊그제 아니었나?
들풀의 생명력이 새삼스럽습니다
아무리 아무리 싹둑 잘려도
여봐라 문제없다 숨 가쁘게 올라옵니다
그 모든 노력을 잘라 내는 칼날이
가차 없을수록
치고 솟아나는 들풀의 의지도 가차 없습니다
'망연자실할 필요 없어요,
뿌리가 깊으면 문제 될 게 없어요'
칼날의 무자비함을 비웃고 있습니다.

저를 세워 주세요

아이들이 일어나고 있습니다
비 갠 후 솟아나는 죽순처럼 일어납니다
저를 일으켜 세워 주세요
저를 똑바로 세워 주세요
비 갠 뒤 찬란하게 빛나는 태양을
피하지 않게 해 주세요

아이들이 폭풍처럼 일어나고 있습니다
먹구름쯤이야 가랑비쯤이야
모두 집어삼킬 듯이 아이들이
조용히 끈질기게 일어납니다
그러니 저를 일으켜 세워 주세요
저를 낙오되지 않게 뒤꽁무니에라도 세워 주세요

이 비 그치면 빛나는 태양을
마주하게 해 주세요.

어쩌겠나 맞는 수밖에

하늘 저편에 먹구름이 짙게 움직인다
오후에는 엄청난 비를 퍼부으리라 생각했다
한 통화의 전화를 하고 나오니
온통 비다 앞이 보이지 않을 정도로
온통 촘촘한 비다
이 나이가 되도록 먹구름 하나 예측 못 하다니
어떤 수를 쓰더라도 피할 길이 없다
맞아야지 방법이 없지 않은가
바로 내 머리 위에 와서
이제 알았냐는 표정으로
꼼꼼하게도 비를 뿌리는 먹구름은
당해 낼 재간이 없다
어쩌겠나 맞는 수밖에
그까짓 거 비쯤이야.

이 나이에 체면치레

'노환입니다'
노여움이 확 치밀어 오르지만
애써 눌러 참는다
나는 그의 손에 몸을 맡긴 을이므로

'노안입니다'
씁쓸함이 입안 가득 고여
아무 말도 안 하기로 한다
괜스레 속마음을 들킬까 봐

'이 정도면 정말 잘 관리하신 겁니다'
기쁘지 않았다 그냥 어금니를 깨물었다
어금니 하나와 송곳니 두 개가
미친 듯이 아팠고 계속 피가 나는데

삼 주째 항생제를 처방한
잘생긴 공보의가 그렇게 말하니까
어찌 죄 골병든 인간만 모여 있나
'이곳에선 평균 이상이세요'

젊은 공보의 말을 들으며
차라리 늙어서 그렇다고 한
냉정한 그 말이 듣기 좋았더라
차라리 그들의 상식적인 평균과

무심함이 부담 없었더라
이 철창 속 인간들을 표본으로
평균 이상이라는 애써 배려해 준
젊은이의 사려 깊음보다는.

인생은 못난 도자기

어둡고 힘들어도
인생은 트로피라 생각했다
이리저리 구르고 밟혀도
닦고 닦으면 상처 없이 빛날 거라 믿었다

하지만 인생은 부서지기 쉬운 도자기
오랜 노력과 땀방울이 이루어 낸
유려한 외관과 빛나는 오묘함 안에
어둠과 시련을 단단히 응축시킨

한순간에 깨지고 부서지면
다시는 본래대로 돌아갈 수 없어도
덕지덕지 기우고 붙인 몸 그대로
아무 데나 뒹굴고 채여도 표 나지 않을

거칠고 혹독했던 삶의 기록을
상처 속에 훈장처럼 새겨 낸
아무도 집어 가지 않을
소중하고 소중한 도자기.

천둥이 우르릉 꽝꽝

이제 내 나이
내 시엄니가 나를 며느리로 봤던
그때보다 열 살이나 많다
왜 그때 시엄니는 하늘 같았는지
왜 그때 시엄니는 그리 폼을 잡았는지

내가 이제 열 살이나 더 많은데
요즘 MZ는 결혼할 생각이 없고
아울러 내 새끼들도 기미조차 없는데
나는 언제나 하늘 같아지려나
나는 언제나 폼 한번 잡아 보려나

나 더 늙어도 좋으니
죽기 전에 한번 하늘 같아지고프다
죽기 전에 한번 폼이라도 잡아 보고프다
"예끼, 이놈!"
천둥이 우르릉 꽝꽝.

존재할 가치

'세상에 존재하지 않을 가치란 없다고
발부리에 차이는 돌멩이 하나에도
하늘을 나는 잠자리 한 마리에게도
존재의 가치는 무한한 것이라고
엄숙하게 선서한다'

'웨에에에엥'
흡혈로 배부른 모기가 자만에 빠졌군
'어딜' 그리고 딱!
납작하게 터져 버린 그놈의 뱃속에서
새빨간 선혈이 튄다

그의 소멸을 기뻐하는 나는 미소 짓는다
세상에 존재하지 않을 가치란
조건적일 뿐이야
다만 존재할 가치만이 절대적인 것이라고
그러니 매사에 조심하는 것이 현명하다고 말한다.

서원을 세우다

새해를 맞아 스님의 편지가 도달했다
"보살님, 서원을 세우시고 마음을 다스리세요"
어떤 서원을 세울 것인가
오래 고민했다
한 해의 여덟 달을 보냈다
이제 구월의 초입에
낮에 뜬 초승달을 오래 바라보다
저 너머 어딘가에서 낮을 밝히는 해를 짐작한다
모든 어긋나는 것과 어긋나지 않는 것이 서로
충돌하지 않기를
세상의 모든 것이 좀 더 자연을 닮아서
억압하는 이와 억압받는 이가 하나 되기를
문득 선명하게 서원을 세워 본다.

무한의 자유

나는 감옥에 갇혀 있다

사 년 차이다

가로 1.2미터 세로 1.9미터의 공간이 나의 우주이다

그러나 나는 이 물리적 경계를 넘어

밤하늘의 별과 저 푸른 하늘에 닿고자 한다

사방의 벽을 밀어서 무한의 공간으로 확장하면

자유로운 상상과 고즈넉한 평화에 이른다

이렇게 많은 별들이 밤하늘에 있었는지

이렇게 푸르른 하늘이 구름을 받치고 있었는지

알지 못했음을 깨달으며 매 순간

나는 모든 경계를 넘어선다

광활한 자유를 누렸던 그 어느 때보다

이곳에서 나는 자유롭다

무한히 자유롭다.

여름의 철수

선선한 바람에 새벽잠을 깬다
내가 언제 계절의 변화에 이렇게 감사한 적이 있던가
여름 징역은 곱징역이라고
이곳을 거쳐 간 모든 이를
힘겹게 한 그 여름이 물러나고 있다
요란하지 않게 어느새
모두가 잠든 새벽에
전신을 감싸는 서늘한 느낌으로
한 계절이 물러나고 있다
통장 잔고를 쌓아 놓듯
다음 여름이 오기까지
내 앞에 놓인 세 번의 계절을 보며 뿌듯하다
물러나는 여름이 되돌아오기까지
적립된 아홉 달에 흡족해하며
조용히 슬며시 사지를 움직여 본다.

그대, 내 곁에 서 주었던 이들

하늘이 나를 단 한 번도 고독에 두지 않았음이
감사하지 아니한가
하늘이 나를 단 한 번도 외롭게 두지 않았음이
감사하지 아니한가
나를 위해 울어 준
나를 위해 아파해 준
나를 위해 버티라고 해 준
그 모든 이들의 마음이 있어
그들 위의 하늘의 섭리가 있어
고독 중에도 외로움 중에도
혼자인 적이 없었다
극단의 고독과 외로움으로 치닫지 않았다
하늘이 내게 살아갈 양식과 힘과 사람을 주셨으니
감사하지 아니한가.

고백

네 나이에 친정을
두 어깨에 짊어졌지만
이제 내가 네게 의지할 나이가 되었음이
도무지 실감나지 않는구나
나는 이 세상 끝까지 네게 기대지 않으리라
믿었고 희망했다
그러나 인정하지 않을 수 없구나
너의 지혜와 용기에 내가 기대고 있음을
지혜와 용기는 나이에 비례하지 않음을
역할에 일방적으로 부과되는 것이 아님을
너의 어깨에 기대어 나는
이 나이에 네게서 배우고 힘을 얻으며
기쁘고도 쓸쓸하구나
너무 어린 네게 큰 짐을 지운 것 같아서
네가 그 짐을 씩씩하게 감당하고 있어서.

나는 아직 너무나 살고 싶다

다리에 수백 개의 핏빛 점이 생겼다
진드기에 물린 것 같다고 했다
진드기? 그럴 리가?
여럿이 그랬다고 한다
개미에게 물렸나
땀띠는 아닌데
가렵지도 않은데
그리 순식간에 두 다리 여기저기에 생겼다
이 정체불명의 혈점을 고민했다
다음 날 간호사 말이 모세혈관이 터진 것이란다
비로소 이해가 갔다
비로소 나는 아직 너무나 살고 싶음을
그것도 온전히 살고 싶음을
깨달았다.

땡큐, 끝까지 간다

사람들이 그런다
절망과 분노와 억울함으로
형편없을 줄 알았는데
꽤 괜찮은 듯해 좀 놀랐다고
내가 무심하게 뱉는다

마지막까지 다 빼앗겼는데
이제 지킬 것이 있어야
애걸복걸이라도 하지 않겠냐고
이제 남은 게 없는데 이제 미련도 없이
홀가분한데 뭐 울 일이 있겠느냐고

땡큐, 이렇게 완벽하게 정리해 줬으니
땡큐, 돌아볼 것 하나도 남기지 않았으니
땡큐, 다시 시작할 수밖에 없게 해 줬으니
땡큐, 끝까지 갈 수 있게 해 줬으니
땡큐, 땡큐, 땡큐

내 몸 하나만 가볍게 맨손으로

앞만 보고 끝까지 간다
그래 봤자 죽기밖에 더하겠나
땡큐, 땡큐, 때땡큐
끝까지 간다.

진정한 낭만주의

이미 가 버린 어제도 아니고
오지 않은 내일도 아닌
오직 오늘을 지금을 살아야 함을
나는 내 아이에게서 배웠다

지나온 시간이 아무리 달콤해도
다가올 날들이 아무리 두려워도
지금을 지키는 것 그것만이
궁극의 전진임을 그 아이에게서 배웠다

흐르는 시간에 맑은 눈을 씻고
앞으로 나아가는 힘
어떠한 시련도 막을 수 없는 힘
나는 내 아이에게서 배웠다

그것은 긍정의 관점
그것은 꺾이지 않는 정신
그것은 찰나를 정복하는 의지
나는 오늘을 사는 힘을

진정한 낭만주의를

내 아이에게서 배웠다

그리고 또한 배웠다

무한히 감사하는 법을.

더위는 끈질기게

더위가 여름 끝자락을 질기게 붙잡고 있는 이 밤
때 이른 귀뚜라미 소리가 꾸짖음으로 울린다
이제 떠날 때가 지났는데
한바탕 비 오시면
알아서 떠나 주리라 눈치 주었는데
더위는 여름 끝자락에 질기게 매달려 있다
아무도 환영하지 않는 무더위의
작별은 언제쯤일런가
매미도 제 할 일을 하고 떠났건만
지천에 허물을 남기고 미련 없이 갔건만
이른 밤 늦은 새벽 시도 때도 없이
경고하는 귀뚜라미가 무색하게
더위는 끈질기게 여름 끝자락에 매달려 있다
귀뚜라미가 고요해지고도
떠나지 않을 듯이 질기게 질기게
매달려 있다
세상의 꽃이 다 지도록.

아무것도 아니라고

몸이 아프다
많이 아프다
팔 하나 들어 올리기도 힘든 날은
내 나이와
내 처지를 깨닫는다
그리고 이 나이 때
엄마 생각이 난다
내 나이 때 암 진단을 받았던
엄마의 마음엔 얼마나
스산한 바람이 불었을지
그 옆을 지키길 잘했다고 생각하며
오늘 내 통증은
아무것도 아니라고 생각한다
정말 아무것도 아니라고.

진통제

통증이 날카로우면

진통제가 혈관을 퍼져 나가는 감각 하나하나가 느껴진다

약한 진통제는 전신에 퍼지는 데 삼십 분 걸리고

그보다 강한 놈은 십 분이면 제 할 일을 한다

내 몸은 강한 녀석을 원하지만

내 마음은 인내하라고 한다

너무 아플 때는 인내가 소용없어지고 결국

강한 놈을 불러야 하지만

마음은 늘 약한 놈 먼저 불러

삼십 분을 견딘 후 강한 놈에 의지한다

한두 번 한 일이 아닌데도

마음에는 관성이 있나 보다

어쩌지 못하는 관성이.

깨달음

제가 좀 착각을 했었나 봅니다
세상에 착한 이가 많으니 성선설이 맞다고요
그런데 가장 밑바닥을 겪고 나니
생각이 짧았구나 깨달았습니다
인간은 선을 자신 앞에 두지 않는 법이고
그래서 예외를 성인이라고 한다는 것을요
인간은 그 자체로 부족한 존재이므로
완전히 믿고 의지해서도 안 된다는 것을요
그런데 동시에 깨달은 것이 있습니다
인간 속에서 더불어 살려면
그래도 선 의지를 믿고 서로에게 자비심을
가져야 한다는 것을요
우리는 불완전한 존재이지만
서로 기대어 부족한 것을 메꾸어야 한다는 것을요
삶이 지속되는 한 그래도 인간만이 희망인 것을요.

홀로서기

마침내 홀로 설 수 있게 되었습니다
너무 일찍 그대를 만나
그 넓은 등 뒤에서 언제나 보호받았습니다
이제야 나는 인간은 고독한 존재라는 실존을
마주하게 되었습니다
그러나 우리는 서로 무심하지 않습니다
그러므로 우리의 고통은 '인적 없는 섬'이 아닙니다
작은 섬이 모여 우리는 큰 섬을 이루고 있으니까요
이제야 이렇게 늦게서야
삶의 진실을 깨달았습니다
나를 홀로 서게 하기 위해 이토록 잔인한
고난을 주신 것인지 신이 원망스럽네요, 하지만
지켜볼 것입니다 그대도 지켜보세요
이제 그대의 등 뒤에 숨지 않고도 당당히
나설 수 있는 내가 어떤 길을 걸을지요.

추억

과거의 아름다운 추억과
미래의 희망찬 상상이
지금의 나를 지탱합니다
면회 온 친구들이
낯빛이 좋다는 험담을 하고 가면
괘씸하다고 생각하면서도
빙그레 웃음 짓습니다
농익은 산딸기와 오디를 따느라
하얀 면 블라우스를 보라로 물들여도
햇무리 진 하늘을 바라보며
웃었던 추억 때문입니다
다 죽어 가는 마누라에게 콩팥 하나를 떼 주고도
살 집을 주겠다고 수작했던
노고단의 동네 오빠는 살았는지 죽었는지
문어 라면을 끓이며 기다리고 있을까.

죽음을 외면하기로 했다

죽음이 아주 가까이 다가와 있었다

적어도 이십 년쯤 잊고 지냈는데

죽음과 정면으로 대결하는 일은 그리 어려운 일이 아니다

예전에도 나는 여러 번 정면 대결을 했고

딱 한 번을 제외하고는 모두 나의 완패였지

나는 꼬리를 내리고 죽음과의 결투를 피하고

삶을 구걸했으니까

그런데 이십 년 전 그날 나는 맞짱을 뜨기로 했다

선택지가 많지 않았기 때문이다

강도에게 끌려가느냐 아니면 운명을 시험하느냐

창문을 열고 뛰어내렸지

결과는 죽음의 대참패

그 충격을 극복하는 데 시간이 필요했을까

이십 년 후 죽음이 성큼성큼 걸어서 내게 왔다

강력한 무기를 장착하고 두고 보란 듯이 왔다

이래도? 이래도 덤빌래?

죽음은 착각을 한 듯하다

사실 아무리 강력한 무장을 했어도

죽음 자체는 별것 아니다

허공에 몸을 날리거나
목을 매면 죽음은 순간의 승리자일 뿐
결국 영원한 패배자가 되고 만다
이후의 세계에서 죽음이 무슨 힘을 갖겠는가
죽음은 삶이 있는 곳에서만 위력을 부리는 것
삶과 죽음 사이에서 오래 깊이 고민하던
나는 후퇴했다
지금은 너와 대면하느라 낭비할 시간도
에너지도 없으니까, 언제든 너와 협상이 가능하니
'조건'을 가지고 오라고 요구하며
외면했다, 언제 그가 돌아올지 궁금해하며.

여름과 작별하며

한낮 기온이 삼십 도를 웃돌지만
새벽 찬바람에 깨어난다
퉁퉁 부은 목을 서늘한 바람이 희롱하게 두어야지
이 얼마나 기다렸던 순간이던가
지옥불처럼 더웠던 여름이 가고 나면
주렁주렁 매달린 땀방울의 결실이 오겠지
태양을 소망했던 화려한 꽃들이 지고 나면
한들한들 바람에 들판이 하염없이 물결치리라
떠나는 여름을 향해 작별을 고하며
다음 여름이 찾아올 때까지
나의 전성시대를 구가해야지
여름이 내게 가져온 치욕을 기억하며
겨울의 눈 속에 하나하나 묻어 두어야지
새벽 찬바람에 목이 아파 눈떠도 좋아
온 세상에 감사해야지
드디어 여름이 떠났음을.

머리카락

줍고 돌아서면 어느새
여기저기 우수수 떨어진 머리카락
허리를 굽힐 수 없어
다음을 기약한다
어쩌면 인생을 이리도 닮았는지

일주일에 두 번 감고 나면
여기저기 성기어진 정수리
손가락 사이로 빠져나오는 머리카락
어쩔 수 없어 빗질을 멈춘다
어쩌면 인생을 이리도 빼닮았는지

거울에 비친 흰머리 어느새
검은 머리를 덮어 버리고
여기저기 떨어진 흰머리
보이지 않아 견디기로 한다
어쩌면 인생을 이리도 빼닮았는지

나이 드니 느는 건

기다림과
멈춤과
인내뿐

머리카락이 흰색으로
완전히 정렬할 때까지
기다리고, 멈추고, 견디다 보면 언젠가
평온이 뒤따르지 않겠나.

머리카락

자고 돌아서면 어느새
여기저기 무수 떨어진 머리카락
허리를 굽힐수 없이
다음을 기약한다

어쩌면 인생은 이리도 짧았는지

일주일에 두번 감고나면
여기저기 성거어진 정수리
손가락 사이로 빠져 나오는 머리카락
이젠 수 없이 벗질을 멈춘다

어쩌면 인생은 이리도 빼닮았는지

거울에 비친 횐머리 어느새
검은머리를 덮어버리고

너의 메시지

밝게 웃는 너의 눈매 끝에 눈물이 매달렸음을
하하 웃는 너의 입매 끝에 슬픔이 어리는 것을
신나는 너의 몸짓 속에 좌절이 승화되었음을
세상에 질러 보는 너의 목청 속에 무한한 인내가 녹았음을

내가 왜 모르겠느냐
너의 모든
우리를 향한 사랑 고백
우리를 향한 긍정의 메시지

'저 잘 있어요 제 걱정은 마세요'
나도 잘 있다
내 걱정은 말그라

정의되지 못하는 너의 사랑 너의 배려
꺾을 수 없는 너의 의지 너의 기상
이전에는 몰랐던 너의 용기 너의 지혜
그 어떤 것도 구속할 수 없는 너의 정신 너의 자유

내가 왜 모르겠느냐
너의 젊은 메시지를
우리를 향한 너의 격려
우리를 향해 내민 너의 손

'언제든 괜찮아요 그냥 주욱 가세요'
그래 나도 가고 있어
나도 잘 가고 있단다

너의 그 메시지
잘 읽고 있단다
사랑한다
내 아이야.

"너의 메세지"

밝게 웃는 너의 등뒤에 눈물이 매달렸음을
히히 웃는 너의 입매에 슬픔이 어리는 것을
신나는 너의 몸짓이 적적이 승화되었음을
세상에 젖겨받는 너의 몸짓속이 무한한
　　　　　　　　　　　인내가 녹아있음을

내가 왜 모르겠느냐
너의 모든
우리를 향한 사랑고백
우리를 향한 긍정의 메세지

'저 잘 있어요
제 걱정은 마세요
나도 잘 있다

2023. 9. 24
내딸 T.C 생일에
엄마가 ♥

"생일 축하해!"

내 걱정은 말그라.

정의되지 못하는 너의 사랑 너의 배려
걸을수 없는 너의 의지 너의 거상
이전에는 못봤던 너의 용기 너의 자혜
그 어떤것도 구속할수 없는 너의 정신
　　　　　　　　　　　　너의 자유

내가 왜 모르겠느냐
너의 젊음의 메세지들
우리를 향한 너의 격려
우리를 향한 너의 내민 손

'언제든 괜찮아요. 그냥
주욱 가세요'
그래 나도 가고 있어
나도 잘 가고 있단다

너의 그 메세지
좋았고 있었다
사랑한다
내 아이야

비바람이 불면

한여름 태양 아래
고고하던 그대들이여
높은 지성에 빛나던 존재들이여
한파가 닥쳐오면
그대들을 피해 갈 줄 알았던가
무자비한 칼바람이
그대들만 비껴갈 줄 바랐던가
아무렇게나 뽑혀 내던지고
밟혀 왔던 저 버려진 들녘의
키 작은 풀잎들은 이날을 준비해 왔다
그들이 온몸으로 막아 낸
그들이 눈감지 않고 지켜본
저 북녘의 삭풍이 낱낱이 헐벗기는 시간을

그대들이 한창때 외면한
풀잎이 스러지고 나면
이제 그대들의 차례
본격적인 비바람 앞에서
그 누가 '선택적인' 은총을 기대하는가

높게 솟아 눈에 띄는 그대들이
그 화려한 꽃잎들이 먼저 맞으리라
깨달음이 너무 늦게 오리니
어차피 휩쓸려 떠나갈 테니
깊게 뿌리박고 서로를 버티는
저 완강한 풀잎의 결기를 배워라
죽은 듯이 누웠던 때조차 봄을 준비하던
풀잎의 마음을.

해답을 찾았습니다

'왜 하필 내가 도대체 왜 내가?'
예기치 않은 불행 앞에서
모든 것을 부정하며
부르짖던 마음입니다

얼마나 많은 개미를
얼마나 많은 지렁이를
작은 생명도 생명인데
의도치 않게 짓밟았는지 모릅니다

얼마나 많은 열망을
얼마나 많은 기회를
내게 중요치 않다며
나도 모르게 날려 버렸는지 모릅니다

나는 여전히 부르짖습니다
나는 여전히 무지합니다
나는 여전히 무감합니다
그러나 나는 원망하지 않습니다

그럴 수밖에 없었던 이유를 찾고
그럴 수도 있음을 인정하며
그러기를 바라는 방향을 향하여
마음을 돌립니다

고정되고 편협했던 마음을 돌리면
보이지 않던 세계가 시야에 들어옵니다
밀쳐 두었던 변두리의 세계가 자리를 획득합니다
새로운 가능성이 열립니다

'왜 하필 나야 도대체 왜 나야?'
그렇습니다
반드시 나여야 합니다
하필 나여야 합니다

이제 감당하지 못할 일이 없습니다.

나 또한 나아가련다

아이들이 잘 살아 주고 있다
분통 터지는 가슴
그 비애를 안고
손에 쥔 모든 것을 던지고
나아가기를 선택했다

그 어떤 언덕에도 기대지 않고
홀로 건너왔던 다리를 끊어 버리고
언제 올지 알 수 없는 빛을 향하여
아득하고 희미한 그곳을 향하여
나아가기를 선택했다

에미가 되어 선택이 있는가
걸림돌이 되었으나
이제는 더 이상 안 되겠다는 생각으로
무엇을 해야 할지 무엇을 해서든지
나아가야 하지 않겠냐고

우리 네 사람

각자 가는 길은 달라도
이제는 더 이상 서로에게 걸림돌이 되지 않겠다고
무엇을 하든 그 무엇을 하든지
다만 나아가야 하지 않겠냐고

가는 걸음걸음마다
나 있는 듯이 너 있는 듯이
우리 믿고 나아가서
언젠가 함께 만나
편하게 자유롭게 보자고

다짐한다
나 또한 나아가련다.

멈추지 않겠다

한때
바닥인 줄 모르고 포기할 뻔했다
한때
정상 직전에서 멈출 뻔했다
이제
바닥보다 더 깊은 바닥으로 추락하며
나는
또다시 바닥을 모르겠다
그러나
포기하지 않으리라
지금이 바닥이었다면
내가 바로 바닥에서 포기한 거라면
어쩔 것인가 그러니
나는 절대 포기하지 않겠다

우리는 미욱한 존재
아무리 주의해도 아무리 애써도
어디로 가고 있는지
어디까지 가고 있는지

모르는 미욱한 존재

앞으로

정상보다 더 높은 정상을 오른대도

나는

멈추지 않겠다

정상이 어딘지 모르는 나는

넘고서야 알게 될 테니

그전까지는 계속 나아가야겠다

가다 보면 언젠가 평화의 땅에 도달하겠지.

백지의 시간

과거를 다시 살아 볼 수 있는 그이는
죽기 전에 그 시간이 주어진 그이는 복되다
병상에서
감옥에서
아니면 여행길에서
추억을 되살아 볼 수 있는 그이는
잊힌 과오를 교정하고
외면한 아픔을 치유하며
떨어져 나간 관계를 붙여 본다
스스로에 집중하며 스스로를 비워 내는
회복의 시간
아무것도 그려지지 않은 그러나
그려진 모든 것을 품고 있는
백지의 시간
그 시간이 주어진 그이는 복되다.

저를 버리시겠나이까

"아버지, 저들을 용서해 주십시오
저들은 자기들이 무슨 일을 하는지 모릅니다"
골백번도 더 생각한다
이와 같은 마음을 내가 품을 수 있을지
쉽게 지나가는 작은 불행은 문제없겠지 그러나
내 존재 의의를 말살하는 시련 앞에서 생각한다
이와 같은 마음을 내가 품을 수 있을지

자기들이 무슨 일을 하는지 모르는
영악한 이들 잘난 이들
거침없이 사악한 이들을 용서해 달라고
내 생에 남은 에너지를 모두 쏟아
임종의 변으로 남길 수 있을까
아이쿠, 아무리 해도 잘 되지 않습니다
저는 이와 같은 마음을 품지 못할 것 같습니다

저를 버리시겠나이까.

늙은 농부

예전에 김매는 농부의
깊게 구부러진 허리를 보며 생각했지
저이의 한평생 피땀이
나의 이상보다 높디높은 곳에 이르렀음을

글 한 자 읽을 줄 몰라도
논바닥에 살아 있는 생명의 소리를 들을 수 있고
생명의 씨를 심고 그 낟알을 거둘 줄 아는 그이는
삶을 읽고 배우고 삶 자체로 살아왔음을

이제는 스스로 삶의 성전이 되어 버린
저 늙은 농부의 활처럼 휜 등을 보며
참새를 쫓는 허수아비보다 못한, 남루하고
초라한 나의 지성을, 나의 이성을

휘이 휘휘이.

어머니의 냄새

내 어머니는 늘 그랬지
늘 뒤통수 맞고 돌아보면 또다시
코 베이는 세상
잘도 견뎌 오셨지
울고불고 쓰러져도
오뚝이처럼 일어나서
남김없이 남김없이 주었더랬지
'때려라 그럼 맞지 뭐 별수 있겠나'
어머니의 체념 섞인 달관은
오래된 된장처럼
깊은 장맛을 풍기며
내 안 여기저기에 남아 있네.

세상을 수학처럼

세상이 별것이냐

온 세상의 불행을 뒤집어쓴 표정을 하지 마

알고 보면 별거 아니야

그냥 하나씩 차근차근 풀면 돼

초조한 마음 불안한 마음은 잠시 덮어 둬

이 복잡한 세상에서 살아가려면

용기와 인내가 필요해

수학 문제 푸는 것 같은 거야

아무리 어려워 보여도

배운 대로 차곡차곡 풀어 나가면

정답이 나오는 거야

이 시련의 끝에 정답이 기다리고 있다고 믿으면

포기하지 않고 갈 수 있잖아

나만 힘든 거 아니야

우리가 처음도 아니야.

둥지를 떠나는 새끼 새처럼

생애 처음으로 둥지를 떠나
이소하는 새끼 새를 본 적 있어?
천 길 낭떠러지를 예행연습도 없이
뛰어내리는 걸 본 적 있어?
생명의 경이가 따로 없잖아
운명을 하늘에 맡기고 몸을 날린 새는
생각하지 않아
생사를 생각하지 않아
그저 믿을 뿐
'본능'이라고 말하지만
아니야 그건 믿음이야
먼저 날아오른 어미를 형제를 믿은 거야
완전한 믿음은 생사를 초월한다고
새끼 새가 말해 주잖아
생각하지 말고 믿어 봐 우리.

공기처럼 가볍게

'거꾸로 서서라도 그 모진 길을 가라' 했다
꼭 그러지 않아도 된다고 말하고 싶다
아니 꼭 그래야 된다고도 말하고 싶다
이것은 그대의 실존
이것은 그대의 결단
그대가 어떤 선택을 하더라도
그대가 가는 길 함께
그대가 가는 길 없는 길 함께
그림자처럼 떨어지지 않고 걸을 테니
거꾸로 서서라도 그대
옥죄는 인연 풀어 버리고
그대의 길 가라고, 그대
공기처럼 가볍게 가라고.

사람을 배운다

이곳에 오지 않았으면
결코 만나지 못했을
사람을 배운다

그 사람을 배우면
마음이 쓰리지만
세상이 멀어지지만

수많은 사람을 배운다
비싼 대가를 치르며 배운다
일찌감치 배웠더라면 좋았을 것을

모든 깨달음은 너무 늦게 오는 것
아니 남은 생에서 가장 빨리 오는 것
담 안이든 담 밖이든

셀 수 없이 많은 사람들
그 깊은 본성을 배운다
시리지만 뼛속 깊이 새겨 본다.

교도관 Q에게

감사합니다
감사합니다

내가 울 때 그대가 건넨 위로
내가 아플 때 함께 동동거렸던 마음
내 어깨가 처져 있을 때 토닥여 주던 손길
내가 깊은 절망에 있을 때 힘내라고 웃어 주던 미소
출정길 면회길마다 휠체어를 밀어 주었던 그대의 수고
모든 수용자에게 한결같았던 삶의 자세
더러는 맞아도 더러는 폭언에 시달려도
언제나 한 스푼 더 얹은 그대의 인내와 배려와 선의지
나는 그대에게서 배우고 또 배웁니다

그대에게서 받은 이 은혜를 어찌 다 갚을지
나는 알지 못합니다
하늘이 제게 이런 복을 주신 뜻도
나는 헤아리지 못합니다
받은 만큼 어깨가 무겁습니다
그러나 감당하지 못할 정도는 아니에요

어찌 그대의 사랑이 나를 짓누르겠습니까

능히 짊어지고 갈 따뜻함으로

언제나 기억할 빛으로 나의 길을 비출 것을 압니다

감사합니다

감사하고 또 감사합니다.

그림을 떼어 내며

벽에 붙여 둔 그림을
하나하나 떼어 내며
나를 품었던
내가 품었던
한 뼘만 한 공간을 둘러본다
내 앞을 거쳐 간 수많은 이의
거친 흔적을 가려 주었던
희망을 붙일 때의 마음을 생각한다
동백과 수국과 라일락이 여기 있다고
우리 함께 있다고
우리 함께 여기 살아 있다고
눈 감으면 퍼져 가는
너희의 향내를 맡으며

이 안에서 살아 움직이는
모든 생명이 소중해
내 마음속 생명의 기억조차 소중해
함부로 개미 한 마리
돈벌레 한 마리

죽이지를 못했다
제주의 풍경, 주름진 해녀의 얼굴,
흑돼지 두 마리를 떼어 내며
지나간 추억을 되살려 본다
삼삼하게 되살아나는 제주의 맛이
희망을 부풀렸지
마지막으로 그와 아이들의 사진을 뗀다
눈을 감았다 떠 본다

사방을 둘러보니 마침내
그 벽에 '무'가 돌아와 있구나
또 누군가에 의해 채워지고 기억될
벽
셀 수 없는 좌절과 희망을 기록할
벽
무한한 감사와 경의의 뜻으로 물걸레질을 한다
순수한 '무'로 되돌리기 위해
나의 흔적을 지우고 이제 영원히
되돌아가기 위해.

가볍게 떠나리라

3년 2개월

1152일

나와 함께한 공간

경기도 의왕 청계산 아래 서울구치소 독방

그 어느 때보다 길고 긴 이 밤에

생의 바닥을 치며 시름에 잠든

그대들과 마지막 호흡을 한다

새날이 밝아 오면

나는 뒤돌아보지 않고 떠나리라

그대들과 함께 나눈

기쁨과 슬픔과 분노와 한숨

모두 여기 두고 떠나리라

공기처럼 떠나리라

우리 서로를 완전히 잊고

각자의 오늘에 집중하자

내 결코 그대들을 떠나며

미련을 두지 않으리니

마지막 밤 그대들과

마지막 호흡을 함께하며

그대들을 위해 기도하리라

그리고 새 아침에 떠나리라

공기처럼 가볍게 떠나리라.

나를 울린 영치금

영치금 계좌를 오랫동안 봉인했다
또 어떤 비난이 내게 향할지 상상할 수 없었기에
2022년 삼월 감옥 생활 이 년을 넘기고서야 공개하기로 했다
친구와 지인들이 이제는 공개해 달라고 하여
이제는 아무도 관심 없을 것이라고 하여
그런데 어떻게 알았을까
전혀 알지 못하는 이들이 봇물 터지듯 영치금을 넣기 시작했다
한 뭉치의 입금 통지서를 받아들고 처음에는 어리둥절
3원이 찍힌 입금표를 보고 고개를 갸우뚱했다
직전 잔액이 2,999,997원
한도액 300만 원에 걸린 그이는 수없는 시도 끝에
마침내 3원의 공간을 확보하였던 것
그 3원이 급기야 나를 울리고 말았다
목을 놓아 펑펑 울었다
그이의 간절한 사랑이 차갑게 얼어붙은 내 마음을 녹였다
하지만 그것은 길고 긴 송금 행렬의 시작이었을 뿐
가끔은 18원을 보내서 욕을 한 이도 있었지만
아주 가끔은 넉넉한 한도에도 1원으로 비웃음을 보낸 이도
있었지만

빠듯한 용돈을 아껴 매주 1004원을 보내 준 분
격려의 메시지를 적어 넣느라 늘 익명을 고수한 분
매월 월급날마다 적금 붓듯 소액을 입금한 분
입금 공간을 내어 주려고 번거로운 우편환을 마다하지 않은 분
얼굴 없는 셀 수 없이 많은 이들에게서
나는 참으로 분에 넘치는 사랑을 받았다

많은 분이 십시일반 보내 주신 그 뜻을 헤아려
2022년 그해 겨울 엄동설한에 수술 후 아픈 몸으로 재입감
되며
처음으로 극세사 이불을 장만하여 그 겨울을 따뜻하게 보냈다
그리고 다음 해 봄 처음으로 선크림을 사서 얼굴에 발랐다
그리고 처음으로 얼굴에 바르는 크림도 샀고 탈모 약도 샀다
그리고 과일과 육포와 초콜릿도 사서 뿌듯하게 쟁여 두었다
문득 영치금 계좌 공개 전에 마음을 보낸 이들 생각이 났다
공개 전이므로 영치금이 내게 닿을 유일한 방도는 우편환이
었다
여러 분이 보내 주셨지만 모두 되돌려 보냈다
그리고 한 분이 기억에 오래도록 남아 있다

강동구에서 날아든 편지 한 통

자신을 은퇴 목사라고 호칭하셨다

처음에 10만 원을 보내셨는데 돌려보내자 20만 원을 보내셨다

또다시 돌려보내고 반환하는 이유를 적어 보낼 수밖에

은퇴하여 살날이 많지 않은데 뭐가 두렵겠냐며 또 보내셨다

결국 나는 결례지만 수신 거부를 요청하였다

그분의 정갈한 글씨와 격려가 잊히지 않는다

그리고 그 마음을 받지 못했던 죄송함이 아리게 내 마음에
남아 있다

이렇게 한 분 한 분의 사랑이 모여 내 삶을 지탱해 주었다

그래서 나는 매일매일 말씀드렸다

감사합니다

열심히 살겠습니다

힘을 내서 오늘을 그리고 내일을 지키겠습니다.

글쓴이의 말

　이 책에 실린 글은 제 인생의 가장 참혹한 시간에 저를 살아갈 수 있게 해 주신 분들을 생각하며 쓴 글입니다. 당신들의 조건 없는 위로와 격려를 생각하며 반드시 살아야겠다고 아니 살아 내고 싶어서 쓴 글입니다. 그래서 당신들에 대한 제 마음을 담았습니다.

　평생 문학 공부를 해 온 제 눈에는 문학적인 글이라고 할 수 없는 부끄러운 글입니다. 처음부터 세상에 내놓겠다는 마음으로 쓴 글이 아닙니다. 뭐라도 뱉어 내야 했기에 그래야 살아갈 힘을 붙잡을 수 있기에, 그러나 허리가 아파 독방 바닥에 웅크리고 그저 고통스러운 넋두리를 손바닥만 한 구치소 보고전(報告箋) 용지에 삐뚤삐뚤 적은 글입니다. 그래서 다 짧고 거칩니다. 고통 속에 있을 때는 은유나 수사학도 사치더군요. 마음의 여유가 없어서 단어를 정교하게 고르지 못했습니다.

　마침내 가석방이 되었지만 되돌아보는 것조차 힘겨워 고치지 못했습니다. 다시 이 글을 들여다볼 때마다 울음이 터졌기 때문입니다. 그런데 지금 이렇게 세상에 내놓는 이유는 단 한 가지,

당신들이 제 마음을 알아주셨으면 해서입니다. 당신들의 사랑이 저를 어떻게 살렸는지 알아주셨으면 해서입니다. 그리고 누군가는 이 글을 읽고 생의 가장 어두운 곳에서 희망과 용기를 얻었으면 해서입니다. 지금 그대는 생의 가장 깊은 어두움을 지나고 있다고, 그러나 앞으로는 빛을 향해 올라갈 일만 남았으니 힘내 달라고 말하고 싶었습니다. 그리고 그대는 혼자가 아니라고 말하고 싶었습니다. 단 한 사람만이라도 이 글에서 희망을 찾을 수 있다면 저는 족합니다.

이 글이 세상에 나오도록 도와주신 분들께 깊은 감사를 드립니다. 1152일이란 시간 동안 저와 제 가족을 지켜 주신 당신들입니다. 피를 나눈 혈족보다 더한 사랑과 믿음으로 함께해 온 친지가 있습니다. 일면식도 없지만 제 곁을 지켜 주신, 저보다 지혜롭고 따뜻하며 저를 수없이 감동시킨 많은 지지자 분들이 있습니다. 극한의 조건에 처한 재소자에게 용기를 주고 묵묵히 보살핀 교정 기관의 직원과 봉사자들이 있습니다. 부실한 저를 정성껏 치료하신 의료진이 있습니다. 저마다 힘들면서 서로를 격려한 동료

재소자들이 있습니다. 수감 기간 중 단 하루도 빠지지 않고 매일매일 총 천여 통 온라인 편지를 보내 주신 분들, 손수 그린 그림과 풍경 엽서를 보내 주신 분들, 멀리 해외에서 편지를 보내 주신 동포들, 구치소 규정 때문에 반입되지 못했으나, 손수 짠 내복과 장갑, 수놓은 손수건 등을 보내셨던 분들, 두 번의 수술을 받는 동안 최선을 다해 돌보아 주셨던 의료진과 간호사 선생님들, 구속 만기 석방과 가석방 시 구치소까지 나와 맞이해 주신 분들, 눈이 오나 비가 오나 엄동설한에도 폭염에도 몇 시간이고 법원 인근 길에 서서 저를 태운 호송차를 향해 손을 흔들고 격려해 주신 분들, 공판 시 법정에 나와 무언의 격려를 보내 주신 분들을 잊지 못합니다. 여러분 덕분에 살아남았습니다.

부족한 지도 학생인 저에게 무너지지 말라고 당부의 편지를 보내 주신 백낙청 교수님, 사태 처음부터 굳센 마음으로 견디고 이겨 내야 한다고 격려의 편지를 보내 주신 조정래·김초혜 선생님 부부, 동병상련의 고통을 갖고 계시면서 절절한 위로의 편지를 보내 주신 한명숙 전 국무총리님 등 어르신들께 감사합니다. 큰 용기를 주어 저를 나아가게 하신 윤구병 선생님과 보리출판사가 있습니다. 이 보잘것없는 글을 읽어 주고 세상에 내놓으라고 용기를 주신 네 분의 편집위원들이 있습니다. 친부모와 같은 마음으로 저를 알뜰살뜰히 보살펴 주신 Q 선생님 부부가 있습니다. 그리고 제가 '가족'이라고 부른 벗들이 있습니다. 마지막으로 씩씩하게 오늘도 나아가고 있는 자식들에게 특히 고맙습니다.

제 인생 최악의 시간에 비로소 저는 깨달았습니다. 제가 참 복이 많은 사람인 것을요. 아무리 깊이 감사드려도 충분치 못함을 압니다. 그러나 제 진심을 모아 이 모든 감사를, 부족하지만 이 글로 대신합니다. 그리고 눈을 들어 함께 앞으로 나아가겠습니다.

감사합니다.

2023년 11월 어느 날, **정경심 씀**

나 혼자 슬퍼하겠습니다

깊은 절망과 더 높은 희망

2023년 11월 27일 1판 1쇄 펴냄

글 정경심
표지 그림 박건웅

편집 김누리, 김성재, 이경희, 임헌 | **디자인** 이종희, 한아람 | **제작** 심준엽
영업마케팅 김현정, 나길훈, 양병희
영업관리 안명선 | **새사업부** 조서연
경영지원실 노명아, 신종호, 한선희 | **인쇄와 제본** (주)상지사P&B

펴낸이 유문숙 | **펴낸 곳** (주)도서출판 보리 | **출판 등록** 1991년 8월 6일 제9-279호
주소 (10881) 경기도 파주시 직지길 492
전화 031-955-3535 | **전송** 031-950-9501
누리집 www.boribook.com | **전자우편** bori@boribook.com

ⓒ 정경심, 2023

보리는 나무 한 그루를 베어 낼 가치가 있는지 생각하며 책을 만듭니다.

ISBN 979-11-6314-337-6 03810

정경심

270443

③

여기저기 떠돌며 할머니
보이지 않아 찾으려고 했다가
어쩌면 답을 얻지 못했을지

나이드니 느낌
가까짐과
먹음과
이별들

...녀석의 한생애...
...정말 때...

②

드러난 그대의, 아들의, 뒷모습을 보며
웃음을 삼켰어, 목에 걸려 있던
나를 정문 안으로 보내는 그대의 마음...
더 슬퍼지리라.

① 눈을 한 그대와 우리의 아들
...에 낮은 기억은

이별

2022. 12. 4
살을 에는 듯한 칼바람에
그대와 나
이별했지.
깊은 메스로 두번, 수술한 몸으로
아물지 않은 몸으로 되돌아가야 하는
나를 뒤에도 못보며
그대와 아들은 그 긴 길을
따라갔지.
우리, 주차장에서 두분을 멀어지면서
웃지 않았어.
우리, 웃으며 헤어지자던
칼바람 부는 주차장 컴컴한 하늘 아래

...와 헤어짐의 아름다운
...들이 먼 산 위의 하늘은
...마음이 언제나 그곳에